生前SEやってた俺は異世界で…

I used to be
a System Engineer,
but now...

大樹寺ひばごん
Daijuuji Hibagon

登場人物紹介
ロディフィス・マクガレオス（ロディ）
過労死で異世界に転生した元システムエンジニア。まったりゆっくり人生を目指す。
ミーシャ・ハインツ
ロディの幼馴染。おっとり気味で素朴な性格。
アリシア・マクガレオス（アーリー）
ロディの双子の妹。いつも眠たげ。
レティシア・マクガレオス（レティ）
ロディの双子の妹。元気で明るい。

グライブ・ハインツ
ミーシャの兄。また、
ロディの兄貴分にして良き友人。
シスター・エリー
村の教会のシスター。
子供達の教師役を務める。
タニア・シャール
ロディの幼馴染その2。
快活でよく笑う。
神父様
村の教会の神父様。
かつて魔術師だったらしい。

プロローグ

なんだこれ……

俺は自分の視界に映るものに、違和感を覚えた。

確かに、それは自分の手なのだろう……

開こうと思えば……まぁ、かなり億劫《おっくう》ではあったが開くことが出来、握《にぎ》ろうと思えば力を抜いただけで勝手に握られる。

俺の思いのままに動く、間違いなく自分の手だ。

しかし……今見ているその手は、俺の記憶の中にあるものよりもずっとプニプニしていた……

俺の手は、確かに肉こそ付いて丸々としていたが、こんなプニプニした手では断じてない……

これじゃあまるで、赤ん坊の手のようじゃないか……

しかも、異様に視界がぼやけて見える。

手元ならギリなんとか見えるが、すこし遠くなるだけでぼやぼやだ。

仕事柄、ＰＣ《パソコン》作業が多くなる所為《せい》で目は良い方とはいえないが、ここまで悪くなった覚えはない。

体も思うように動かすことが出来ない……

運動不足なのは認めるが、まるで鉛《なまり》の塊《かたまり》を体中に括《くく》り付けられた気分だ……

『あら？　ロディ、起きてしまったのね……』

なんだ？

近くから若い女の声が聞こえたかと思ったら、俺の視点が急上昇を始めた。

と、突然視界いっぱいに巨大な女の顔が現れた。

おいおい……

これでも俺の身長は一八〇センチメートル以上あるんだぞ？

しかも、ここのところの不《ふ》摂生《せっせい》が祟《たた》って中年太りとのダブルパンチで腹周りはヤバァイことに……

完全メタボ街道に突入中の俺は、先日体重が晴れて一四〇キログラムの大台に乗ったばかりだ。

そんな俺をこの金髪女は軽々と持ち上げて見せたのだ。

この女、身長何メートルあるんだよ？

って……金髪？　パツキン？　ガイジンか？　いや、いくら外人がデカイといってもコレはないだろう。

視界がぼやけてはっきりとは見えないが、確かにそこにいるのは金髪の女だ……

少なくとも、日本人じゃない。さっき女が発していた言葉（？）らしきものも日本語じゃなかったのは間違いない。

英語、フランス語、中国語……どれとも違う……

海外出張の多い俺が言うのだから、間違いない。強《し》いて、ニュアンス的に近いものがあるとすれば……ドイツ語だろうか？

ドイツには行ったことないけどなっ！　なんとなくだ……

それにしても、この状況はなんだ？　もしかして……これはアレか？

目の前の巨人・女は宇宙人で、俺はＵＦＯか何かにアブダクションされて、キャトルミューティレーションされようとしているのか？

この先、血液とか全部抜かれて、目玉とか性器とか抉《えぐ》り取られて牧場に捨てられるのか？

そう考えたら、なんだか急に悲しくなってきた。泣きそうだな……と、思った時には涙が溢れていた。

「うぎゃー！　うぎゃー！　うぎゃー！」

『あらあら。どうしたのロディ？　お腹が空いたのかしら？　それともオシメ？』

巨人・女はさっきから何か言っているようだが、さっぱり分からん！

日本語を話せ！　日本語を！

あっ……ＵＦＯがもう既に宇宙空間まで移動しているとすると、日本語を話さなきゃいけない筋はないのか……困った。

……さっきからなんだか、感情と思考がちぐはぐで変な気分だ。

本来なら、こんな訳の分からない状況、もっと慌てるものなのだろうが、思考はやけにクールなままだ。

恐怖心だってない……反面、少しでも〝悲しい〟と思ったら涙が溢れてきた……

今の自分には、〝感情〟と〝感情をコントロールする術〟というものがうまく機能していないように思えた。

そういう薬でも、この巨人に飲まされたのかもしれないな……

まぁ、恐怖心がないのはいいことだ。

穏やかな気持ちのまま死ぬことが出来る……って、それは流石《さすが》に嫌だな……どういう理由にしたって死にたくはない。

『あら？　もう泣き止んだわ。ただのおむずかしら？　は〜い、よしよし、良い子ですね〜』

巨人・女はまたぞろ何やら言っていたが、俺にその言葉の意味が分かることもなく、巨人・女は俺を軽々と抱えたまま、軽く上下に揺すり出した。

これじゃまるで赤ん坊をあやしているようじゃないか……四〇代に片足突っ込んでるおっさん

とっ捕まえて赤ちゃんプレイとな？

宇宙人の考えることはよく分からんな……ちなみにだが、俺にそんな趣味はない。ホントだぞ？

…………

…………

本当はちょっと、興味はある……でも、ちょっとだけだからなっ！　コレはホントだからなっ！

って、俺は一体誰に言い訳しているんだ？　まぁ、いいか……

とにかく、何で俺はこんな状況になっているのか考えようじゃないか。

思い出せぇ～……思い出せぇ～……俺っ！　俺はこんなことになる前は何をしていた？

えっと……確か……

そうだ……俺は会社にいたはずだ……会社の自分のデスクに座っていた……はずだ。

あっ、なんだか色々思い出してきたぞ！　あの夜、俺は確か……


だぁ～！

クライアントってのは、なんでこういつも無理ばっかりを言うのか……

俺はキーボードに走らせていた指を止めて、デスクの上の時計を見た……午前一時少し過ぎ。

しかし、帰れる予定なし。終電逃がして電車なし。

社泊三日目が決定だ……いや、〝眠れる〟ならまだいい方か……

　この業界に入った時、先輩たちから〝この世界は理不尽しかない〟とは言われていたが、まったくもってその通りだ。

　ウチみたいな弱小企業だとクライアントの言うことは絶対だ。納品した機械に不具合が出たからと、調整のために海外へ飛ばされることだって少なくないのだ。

　だからといって、孫受けを馬車馬の如く働かせていい理由にはならんだろ！

　特に今回のことはウチにはまったく非がないはずなのに、全ての割をウチが……というか、俺が喰っている。

　誰かのミスで本来あるべき連絡がなかった所為で、今俺がこんな目に遭っていると思うと、その見知らぬ誰かに苛立ちを通り過ぎて殺意さえ湧いてくる。

　俺は世間一般にＳＥ、システムエンジニアと呼ばれる職に就《つ》いている。機械を動かすためのシステムを構築したり、スマホのアプリのプログラムを組んだりするあれだ。

　俺が主に手がけているのは、工業用の機械のプログラムだ。

　正確には、生産工場で動いているような大型の産業機械の動作を制御するプログラムを作っている。

　ブラックだブラックだと思っているにもかかわらず、入社してはや十数年……

現に今も、昨日言われて明日が期日の案件にこうしてサービス残業をフルに駆使して取り掛かっている訳だが……終わりが見えない。

俺は一度体を解《ほぐ》すように大きく伸びをした。霞《かす》む目を擦《こす》り、目頭《めがしら》を軽く揉む。

ＰＣ作業は腰と目にクルからな……

いくら我が社がブラックだとは言っても、この会社の勤務状況は特に異常だった。

全員、一人で抱えられる案件の数を軽く超えていたのだ。お陰で俺は、休日を会社で働くことで過《す》ごし、溜まっていた有給を会社で働くことで消化した。

最後にまともな休日を過したのは何年前だったか……

そんな感慨にふけるのは、この会社で俺だけではない筈だ。そのうち、死人が出るぞ？　と、冗談でなく思う。

眠気覚ましに、コーヒーでも飲むか。

そう思い、椅子から立ち上がった時……

クラッ――

一瞬、世界が歪《ゆが》んで見えた。

運動不足に不摂生、偏食・外食と体に良いことは何もしてなかったからな……

しかも年も年だ。いつまでも、若い頃のような無理は利かない。

最近は中年太りの所為か、腹が異様にぽっこりしてきたし……

そういえば、この間の健康診断で体重を落とせと医師に言われたんだった。でないと、いつ体調不良を起こして倒れても知らんぞ、と脅されたことを思い出す。

しかし……

どっかでしっかり休まないと、流石にまずいな……と、そんなことを考えていたら、何故か視界に床が見えた。

しかも、頬《ほお》が非常に痛い……

どうやら、眩暈《めまい》の時に倒れて強打したらしい。しかも、一瞬だが意識も失っていたようだ。

自分が倒れたことに気づいていないのが、その証明と言えた。

本格的にまずいな……

そんなことを考えながら体を起こそうとするが、手足が思うように動かなかった……

それだけじゃない。

急に息苦しさと、胸を締め付けるような痛みが襲ってきたのだ。

どうなってんだよ!?

俺は半ば《なか》パニックに陥《おちい》っていた。もがき、何度も立ち上がろうとするが、自分の体ではないかの如く思うように動かず、何度も転んだ。

必死に助けを呼ぼうと声を出そうとするが、ヒューヒューと空気が抜けるような異様な音がするだけ。

更にまずいことに、今は社内に誰もいない。俺一人だけだ。

そりゃそうだ。こんな時間まで会社にいるような奴はそうはいない。最後まで残っていた同僚だって、日付が変わる前には帰った。

誰かが来るとすれば、それは出社時間の八時付近……今から約七時間後だ……

もう、助からないだろうな……というのは、なんとなく分かった。

俺は、息苦しさと心臓を鷲掴《わしづか》みにされたような痛みの中、次第に動けなくなり、呼吸も出来なくなっていった……そして、静かに意識をなくし……二度と目覚めることはなかった。

ただ……

黒く塗りつぶされていく意識の中で、何か小さく光る星……の、ようなものを見た気がした……

享年三八歳。独身。

死因・過労と不摂生による急性心不全。

こうして、俺の中途半端な人生は幕を閉じたのだった。

そう……俺はこの時、確かに死んだ……はずだった……

一話　転生ライフ始めました

「ロディ！　ご飯の準備が出来たから起きてきなさぁ～い！」

「分かってる！　すぐ行くからっ！」

俺は手早く朝の準備を終えると、自分の部屋を出てダイニングへと向かった。

「かーさん、とーさん、おはよ」

「ああ」

「はい、おはよう」

「レティにアーリーもおはよ」

「「はよ～」」

俺は、まず親父とお袋に朝の挨拶《あいさつ》をして、食卓に座っていた二歳年下のかわいい双子の妹たちの頭を撫《な》でながら、所定の位置へと腰を下ろした。

「今日は、朝からずいぶんと豪華だね」

この日の朝食は、少し大きめの小麦のパン——いつもは大体ライ麦なんだけど——と、野菜の種類の多いサラダ、それに目玉焼きとソーセージというラインナップだった。

日本なら大して珍しくもない組み合わせだが、ここアストリアス王国の、それも辺境に位置しているスレーベン領の更に端っこにある、我らがラッセ村ではそうはいかない。

小麦は我が村の主力商品であり、売ることはあっても自分たちで食べることはまずないのだ。かく言う我が家だって小麦農家だが、自分たちで作った小麦は全て売っていた。

卵だって貴重品だし、ソーセージなんて妹たちがヨダレをダラダラ流しながら〝待て〟を喰らった犬みたいにじっと凝視しているところから、その希少さを窺《うかが》い知ることが出来る。

「ロディ？　もしかして貴方、今日が何の日か忘れているんじゃないでしょうね？」

「何か特別な日だったっけ？」

キッチンから、ヤムという牛にチョー似てる生き物のミルクの入った壺《つぼ》を持って来たお袋が、呆れた顔で俺のことを見た。

「呆れた……今日は貴方が〝聖王教学校《せいおうきょうがっこう》〟に通い始める日でしょ？　自分のことなんだから、ちゃんと覚えておかなくちゃダメよ？」

お袋は、手にした壺から木製のコップにミルクを移して、皆に配る。配り終えたところで、俺に〝メッ！〟とお叱《しか》りの視線を向けた。

「別に忘れてた訳じゃないけど……たかだか学校に行くようになるってだけでしょ？　そんなに特

別なことなの？」

そう、今日は所謂《いわゆる》〝入学式〟なのだ。

数えで七歳を迎えた村の子どもは、皆聖王教学校へと通うようになる。

別に義務ではないが、教会がボランティア的に無償で子どもたちの面倒を見てくれるというので、普通、余程の理由がない限り皆通っている。

この聖王教学校は、日本的に言えば学校というより寺子屋に近い代物だろう。

村に一つしかない教会で、神父様とシスターが子どもたちに読み・書き・ソロバン——はこの世界にはないから算術と言おう——と聖教学、そして〝魔法〟を教えているのだ。そこへ、今日から俺は通い始めることになっていた。

そう！　魔法だ！　魔法なのであるっ！

あのファンタジーの代名詞〝魔法〟がこの世界には実在しているのだっ！

お袋も親父も、ライターとかマッチ感覚で火の魔法をよく使っている。しかし子どもは、危ないから、という理由で、聖王教学校に通うまでは使用はおろか教わることすら禁じられていた。

正直、俺は学校などに通う必要はまったくないのだが、この〝魔法〟の授業にだけは密かに心を躍らせていたりする。

「ロディフィス、人は生きていく上で多くの〝峠《とうげ》〟を越えていかねばならない。七年というのはその一つ目の〝峠〟だ。今でこそ少なくなったが、昔は子どもが七歳を迎える前に亡くなっていたことが多かった。今だってゼロではないだろ……だが、お前はその七年を生きた。生きてくれた……お前は一つの〝峠〟を越えたんだ。まずは、それを祝おうじゃないか？」

「とーさん……」

思いがけない親父の言葉が、じんと胸に沁《し》みる。

日本では当たり前だったことが、ここではとても特別であることも多い。食事の内容だって、日本ならコンビニに行って簡単に揃えられる物でも、ここではそうはいかない。

病気や怪我にしたってそうだ。ちょっと、病院へ……なんて簡単に行ける訳じゃない。

そういうのを知った上で親父の言葉を聞くと、何とも感慨深いものがあった。年柄にもなく、目頭が熱くなっちまうぜ……まぁ、今は七歳なんだがな。

「もう……そんな難しい話を朝からしないのっ！　とにかくお祝いよ！」

そう言って、お袋がテーブルの上を軽く見渡した。

「これで、足りないものはないわね？　さぁ、皆お祈りをしましょう……」

お袋が自分の席に座ると、手を組んでそっと目を閉じる。

それに倣《なら》うように、皆も手を組んで目を閉じる。

飢《う》えたケモノのような目でソーセージを見てた妹たちですら、その小さな手を組んで目を閉じていた。そして、俺も……

「今日の糧《かて》は、尊《とうと》き命をもって紡がれたものなればその命、我が心、我が血肉となりてまた命となられ。糧となりし者に感謝と安寧《あんねい》を、そして糧を得し者に祝福を……」

「「「感謝と安寧と祝福を……」」」

「さぁ、頂きましょう」

そんな父親の祈りの言葉が終わり、一拍置いてからお袋がそう切り出すと、妹二人がすごい勢いでソーセージを貪《むさぼ》り始めた。

一人に二本用意されていたソーセージだったが、妹たちはペロッと完食してしまい、物欲しげな目で俺の皿の上に載ったソーセージを、文字通り指を咥《くわ》えて凝視する。

まったく、我が妹ながら意地汚いものだ。そこがかわいくもあるのだが……

俺は苦笑を浮かべると、自分の分のソーセージの一つを半分に切り分けた。そして妹たちの皿の上へと移すために半分にしたソーセージにフォークを突き立てる。

かわいい妹のためなら、半分ずつなんてケチなことをせずに、一本丸々あげろよ！　という意見もあるだろうが、俺だって久々の肉類なのだ。一つくらいは食べたい。

と、いう訳でまずは半分をレティの皿に置き、そして次にアーリーの皿に移そうとした時……

「あー」

アーリーは親鳥からエサをもらうひな鳥よろしく、大口を開けてガン待ちしていた。レティに行った俺の行動から、次は自分の番だと推測したのだろう。なんて聡《さと》い子だ。

そして、そのまま〝食べさせろ！〟という意思表示。

我が妹ながら、なんとモノグサなことか……だが、そこがまたカワイイ。

かわいいことは正義なので仕方がない。許そう。だからって別に、俺はシスコンじゃないぞ？

実際、前世でも妹はいたが、ここまでの愛情はまったくといっていい程なかった。

正直、ウザいと思うことの方が多かったくらいだ。

これはあれだな……俺にしてみたら父と娘くらいの歳の差――これはまぁ、精神的な意味で――がある訳だから、父親としての感情に近いのかもしれない。

まぁ、前世では娘どころか結婚すらしていなかったけどさ……

俺は、しぶしぶといった体《てい》を装って、フォークに刺さったソーセージをそのままアーリーの口の中に運んであげた。

「むぐむぐ……」

「コラッ！　アーリー！　自分で食べなさいっ！」

「おいひぃー……」

お袋が、そんなモノグサなアーリーを叱り付けるが、本人はそんなのどこ吹く風とおいしそうにソーセージをもぐもぐしていた。

と、ふと視界の端でレティが何かしらゴソゴソしているのに気がついた。どうやら、自分に取り分けられたソーセージを俺の皿の上にこっそり戻しているようだった。

そして、何食わぬ顔でアーリーのように大口を開けてガン待ち……

つまりは、同じことをしろ！　ということらしい。カワイイなぁもぉっ‼

ふむ、確かに姉妹で扱いを変えてしまうのは教育上よろしくないだろう。

姉妹なら平等に扱わなければならない。些細《ささい》な違いが、姉妹の中に変な軋轢《あつれき》を作ってしまい、姉妹仲が悪くなってしまう恐れだって十分にあるのだ！

と、自分に言い訳の完全理論武装を施して、俺はアーリー同様レティの大きな口にソーセージを運び入れた。

レティは満面の笑みを浮かべてもぐもぐもぐ。

……ただ、食べさせてあげるのが楽しいだけなんだけどね。

「もう、レティまで……」

お袋が呆れたようにため息を吐いた。

お袋の教育方針は〝自分のことは自分でする〟なのだが、カワイイ生き物には勝てなかったよ……ゴメンよ、ママン。

「……良かったの？」

「何が？」

気づけば、お袋が俺のことを見ていた。それも、とても優しげな目で、だ。何を言いたいかは分かっていたが、ここはあえて気づかないフリだ。

「ふふっ」

「……」

お袋はそんな俺に優しく笑い、親父は俺の頭をワシャワシャと撫でた。

そんなことをされると……少し、照れるぜ。

……七年だ。

正確には、六年と半年なのだが、あの夜からそれだけの時間が経った……俺が死んだあの夜から、そして、俺がこの世界に生まれてから。

それだけの時間があれば、自分を取り巻く環境を理解するのには十分だった。

自分の名前がロディフィス・マクガレオスであるということ。

小麦農家を営む父・ロランド・マクガレオスと、母・プレシア・マクガレオスとの間に生まれた第一子であるということ。

そして今年四歳になるかわいい双子の妹たちもいて、一家五人、片田舎の農村で貧しくも慎《つつ》ましく平穏に暮らしていた。

そう。俺は、どうやら〝転生〟というものをしてしまったらしいのだ。

漫画や小説なんかじゃ割りとポピュラーなネタだが、実際に自分がなってみると何とも奇妙な感覚だ。

俺がこうして、パニくることもなく現状を素直に受け入れることが出来たのは、偏《ひとえ》に前世でこういった事態を想定して、ラノベを読み漁っていたお陰に他ならない。

……ごめんなさい。嘘です。発狂しそうなくらいパニくりました。

だって、死んだ自覚があるんだよ？　なのに目覚めたら、ギトギト中年ブクブクボディがスベスベつやつやぷにぷにボディだよ？

そりゃ、パニックにもなるってもんだよ。

そんなこんなで、俺の一番古い記憶――今の人生の方だが――の中にある、あのでっかい巨人・女は変体趣味の宇宙人ではなく、お袋だったというオチだ。

あの赤ちゃんプレイはプレイではなく、俺がモノホンの赤ん坊だっただけの話だ。

当時、何も分からなかったにもかかわらず、一切の恐怖心を感じなかったのは、目の前の人物――つまり母親のことだな――が自分に危害を加えないことを、本能的に感じていたからなのかもしれない。

前世……生前ともいうのだろうか？　とにかく俺は〝前〟の記憶をバッチリ持ったまま今はロディフィス・マクガレオスという、文字通り〝第二の人生〟を生きている。

……今は七歳児としてだがな。

勿論、このことは両親をはじめ誰にも話していない。話したところで、信じてはもらえないだろうし気持ち悪がられるのがオチだ。

両親の二人からしたら、大切な子どもの中に得体の知れないおっさんが入ってました、ではあまりに可哀想過ぎるしな……

今まで育ててもらった恩もあるし、短い付き合いじゃない。それに、別に彼らのことを嫌っている訳でもない。

ならせめて、二人の前では良き息子を演じようではないか、とそう心に決めたのだ。

そして、ここが重要なのだが、この世界は俺の元いた世界……日本、どころか地球ですらない、ということだ。

そう、異世界なのである！　剣と魔法と冒険の世界だ！

現物は見たことがないが、魔獣というモンスターに該当するものもいるらしいし、エルフ――こっちじゃアルブと言われているが――のような亜人種も存在しているらしい。

まさにファンタジー！　文化レベルも、召喚転生モノに相応《ふさわ》しく、中世のヨーロッパに近い……

と、思う。

領主とか貴族とか普通にいるぐらいだしな。

最初の頃こそ、テレビもない、ラジオもない、ネットもなければ当然スマホなんて在《あ》りもしない、そんな超が付くようなベリースローライフな状況に気が狂いそうになったものだ。しかし人間慣れればなんとやら……

今では、こんな暮らしも悪くないと思っている。前世で間違いなく過労が原因で死んだ自分にとっては、むしろこれくらいのスローペースの方が合っているかもしれない、なんて思うようにもなった。

転生モノの小説の定番だと、前世の知識をフル活用して成り上がったり英雄と呼ばれるような存在になっていったりするものが多かったが、俺に限って言えばそんなものはまっぴらゴメンだ。

何が悲しくて、また忙しい思いをしなければならないのか……幸か不幸か、マクガレオス家は代々続く辺境の小麦農家で、俺はそこの長男坊。

どう間違っても英雄路線はないし、こんな片田舎で成り上がったところでたかが知れている。

俺はこの家を継いで、適当な歳で結婚――前世では独身だったからな――でもって、二次元じゃないかわいい嫁さんとまったりゆったり暮らすと決めているのだ。そのための下準備は着々と進めている訳だしな。

「ごちそうさまでした」

「「ごちそーさまでした！」」

俺は食事を終え、食器をまとめてキッチンへと持っていく。

妹たちも俺に付いて食器を運ぶ……のだが、洗い場に手が届かないので、そこは俺が代わって入れてやるのがいつもの日課だった。

そして……

「にーちゃ、遊ぼ！　遊ぼ！」

「……にーちゃ、遊ぶ……」

レティが右の、アーリーが左の腕にぶら下がり、遊んでくれ！　と、いつものようにせがんできた。

昨日までなら〝よーし！　兄ちゃん遊んじゃうぞー！〟と相手をしても良かったのだが、さっきお袋が言っていたように今日から俺は学校だ。今までみたいに遊んでやることは出来ない。

なのでそう説明するが、そこはまだ小さな子どもだ。

納得出来ないのか〝なんでー？〟と〝いやだー！〟を連呼していた。懐かれているのは嬉しいが、こうなると正直対応に困る……

「こらっ、二人ともお兄ちゃんを困らせないの！」

ほとほと困っていたところに、お袋が颯爽《さっそう》とヘルプに入って二人を連れ去っていってくれた。

たぶん、寝室か子ども部屋へでも向かったのだろう。僻地にある農村の所為か、家だけはデカイんだよな……誰が来る訳でもないのに部屋数だけはやたらとあるんだよ……

まぁ、そんなママンのお陰で、俺は晴れて自由の身となることが出来た。今日から朝の二人の相手をするのはお袋になるのかな？

今まではずっと俺が面倒を見ていたのだが、正直、あのリトルモンスターどもは色々と容赦がない。二人からの洗礼に是非とも耐えて欲しいものである。

……がんばれよオカン。

さて……

時間的にはまだ多少余裕があるが、そろそろ家を出た方がいい頃合だろう。朝の鐘《かね》二つ（俺の時間感覚では大体八時くらい）までに教会に着いていなくては遅刻扱いだ。

遅れるよりは、少しくらい早く着いていた方がいいに決まっている。

特に持っていくようなものは何もないが、俺は日頃から愛用している肩掛けカバンを引っ掴む。

「それでは行ってきます」

「ああ、気をつけてな」

俺はダイニングに一人残った親父にそう言って、部屋を出たのだった。

二話　学校へ行こう！

俺はリビングから玄関へと向かい、外に出る。

ドアを開けると朝日が差し込み、一気に光量が増えて一瞬目が眩む……

ようやく目が慣れた頃、目の前に見知った顔の女の子が一人立っていた。

「ミーシャ？　こんな所で何してるんだ？」

「ろっ、ロディくんっ！」

金髪碧眼《きんぱつへきがん》ロリ。まぁ、俺の幼馴染《おさななじみ》なのだからロリなのは当たり前か……

彼女の名前はミーシャ・ハインツ。七歳。

多少ソバカスが目立ち、顔立ちこそ田舎っぽさが抜けないが、将来間違いなくかわいくなるであろう俺イチオシの有力株幼女である。

彼女は、まぁ、所謂《いわゆる》ご近所さんというやつだな。

互いの両親が畑を共同で管理しているので、何かと付き合いが多い子だ。

この世界では、一定区画の畑を複数の家族で管理するのが一般的らしく、一つの家族・一族が固有の土地を持って農耕を行うことは稀《まれ》だ。土地はあくまで領主の物であり、小作人は作って納めるのが仕事なのだ。

それに、一つの畑を一つの家族で管理していたら、その家族に何か非常事態が起きた場合、畑一つが丸々全滅してしまうことになる。これは、そういった事態を回避するための手法でもあった。

まぁ、そんな話はさて置き……こんな朝っぱらからウチに何か用だろうか？

「家《うち》に何か用だった？」

「ちっ。違うのっ！　その……えっと……あのねっ！」

入学式当日に、家の前で少し恥ずかしそうに待つ少女――厳密には幼女だが――ははぁ～ん。これはあれだ。おじさんピーンと来ました。

それはズバリ！　朝の〝お迎え〟というやつですね？　〝一緒に学校に行こっ♪〟というやつですね！　はい、分かります！

幼馴染キャラとのド定番イベントですからなぁ～。

前世では、幼・小・中・高・大・社と浮いた話が一時《いっとき》とてなかった俺だが――まぁ、高校は男子校なので、浮いた話があったら逆にコワイのだが――今世ではそうはいかんっ！

よもやこんなに早く成果が現れるとは……恐るべし、光源氏《ひかるげんじ》計画っ！

「家に用がないなら、一緒に学校行くか？」

俺は機先を制するように、もじもじとしていたミーシャにそう声を掛けた。

「え……う、うんっ！　行くっ！」

ミーシャはひまわりのような満面の笑みを浮かべると、元気良く頷いて見せた。

うむ。子どもは、これくらい元気なのがいいな。愛《う》い奴じゃ。

「んじゃ行くか」

「あっ……」

俺はさり気なく、ミーシャの横を通り過ぎ様《ざま》に手を取って、学校へと向かって歩き出した。まぁ、正確には教会なんだけどな。

手を取った時は多少驚いていたようだったが、すぐにニコニコ笑顔になったミーシャと、お手々繋《つな》いでランランルーと通学路を二人で歩く。

通学路、なんて呼んではみたが、俺が勝手にそう言っているだけで、何の変哲もないただの農道だ。

俺は……前世の教訓から悟ったことがある。

それは……行動力こそ全てであるっ！　ということだ。

つまりアレだ。かわいい子にはとにかくアプローチしなければ、何も始まらないということだ。

兎《と》にも角《かく》にも声を掛けなければ出会いはない。出会いがなければ手を繋いだり、抱き合ったり、ちゅーしたり、その先のモロモロがないのだっ！

だから今のうちから、将来有望そうな子には手当たり次第に粉《こな》をかけまくっているのである。

そうしておけば、成人する前には一つくらい芽が出るだろう、という狙いだ。

名づけて〝多連装型光源氏計画〟であるっ！

〝本物〟とは多少違うが、そんなのは瑣末《さまつ》なことでしかないのだ。

と、大層な名前を付けてみたものの、大したことはなにもしていない。

まず、女の子に徹底的に優しくする。甘やかすのではない。優しくするのだ。

困っている時にそっと手を貸したり、なるべく声を掛けたり、ちょっとしたことを褒めたり……

まぁ、そんな感じだ。逆に、何でも頼ってくるようなら軽く叱ったりもする。

見境のないイエスマンでは、ただの都合のいい男になってしまうからだ。

そんなのは御免蒙《ごめんこうむ》りたい。

あとは、今の話とは矛盾しそうだが、頼りがいを見せることだ。別に率先して、何でもかんでも引き受ける訳じゃない。ただ周りから一目置かれるような存在になれば、それだけで注目度は上がる。

注目度という意味では幸いにも、今世の俺はそこそこに顔がいい。これには両親に、とくに親父には感謝せねばなるまい。

なにせ、うちのパパンは顔がいいからなっ！　ありがとうパパン。俺、父親似で良かったよ！　前世の学生時代のように、女子に少し近づいただけで〝キモイ〟とか〝クサイ〟とか言われることはないのだ。如何《いか》にイケメンや美人が得をしているかよく分かるぜ……

道中、俺はミーシャと他愛ない世間話をしながら教会を目指して歩いていた。

ミーシャの家で飼っている牛《ヤム》に仔牛《ヤム》が生まれてとてもかわいいとか、学校が楽しみだとか、父親――ああ、これはミーシャの親父さんな――が今年は順調に作物が育っているから、このまま順調に育てば豊作だと言っていたとか、だから今年の収穫祭が楽しみなんだとか……

そんなとりとめのない内容を、ミーシャは実に楽しそうに話していた。

二人して、ランランルーランランルーと歩いていると、白い壁に青い屋根の建物が見えてきた。教会だ。

教会は教会だが、屋根に十字架はない。まあ、当たり前だな、別にキリスト教という訳じゃないし。こちらの世界の教会に、宗教的象徴となるシンボルはないのだ。

アストリアス王国以外の国にならば、もしかしたら似たような物を掲げている宗教団体もあるかもしれないが、少なくとも俺は知らん。

で、その教会の前には既に数十人規模の子どもたちが集まっていた。歳はみんなバラバラだ。

まぁ、一番下は今年から通うことになる俺たち一年生なのだが、上は一〇歳くらいの子もいる。

流石に子どもだな、年齢差がそのまま体格に直結している。前世の俺からすれば、どいつもこいつもただのジャリチビなのだが、今の俺から見るとその多くが巨人に見えるぜ。とはいっても、別に怖くも何ともないがな。

なにせ中身は享年三八歳だ。累計四五歳を甘く見るなよ？　一〇歳程度のガキんちょなど、多少でかいくらいで恐るるに足らずだ。と、そんなジャリどもの中に見知った奴がいた。

そいつもこっちに気づいたらしく、ゆっくりと近づいてくる。

「よぉ、ちゃんと来れたみたいだな」

「うんっ！　ロディくんがね！　一緒に行こって言ってくれたの！」

「そっか。悪いなロディ、妹を……ミーシャを連れて来てもらって」

「別にいいって、どうせ行く場所は同じなんだしさ」

「にしても……お前ら、手繋いで来たのか？　相変わらずなかよしだな……」

「えへへへぇ～」

呆れたように言う男の子に、ミーシャはニコニコ顔で繋いだ手を見せ付けるようにブンブンと振った。

彼はグライブ・ハインツ。本人も言っていたがミーシャの兄ちゃんだ。俺にとっても兄貴分に当たる。

まぁ、精神的には俺の方が遥かに年上なのだが、歳の割りには大人びているしっかり者だ。歳は確か……九歳だか一〇歳だったはずだが詳しくは知らん。

子どもも社会は、割りと年功序列というか歳が上の者の声が大きく反映される。歳が上なら体もその分大きくなり、従って力も強いのだから、当然だ。

故《ゆえ》に、俺たちのような最下層は割りと上から虐げられたりすることが多い……のだが、グライブのような年長組にパイプが一つでもあると、その被害率はグッと下がるのだ。なので、グライブ君には良き弾除《たまよ》けとなってもらっている。

ヤンキー的に表現するなら〝テメェ！　俺は〇〇さんと知り合いなんだぞ！〟みたいなもんだな。

まぁ、一〇歳程度のガキんちょとケンカになったところで負ける気はしないが、絡まれないなら絡まれないに越したことはないのだ。

とはいえ、今のところケンカにおいて俺は負けなしだけどな。ガキいじめて勝ち誇るとか、ちょっと切なくなってきたな……

ちなみにだが、ケンカで相手をボコボコにすると漏れなく俺もママンにボコボコにされるので、最近はずっと大人しくしている。

更にちなみに、同年代のガキから俺はリトル・オルガと恐れられていた。

オルガってのは、話で聞く限りではでっかいゴブリンだとかオーガみたいな奴らしい。ガキんちょどもに恐れられる俺ってばカッコイイ？　訳ねぇーか……

リトルと付くのは、俺が同年代の連中に比べると若干背が低いことに由来する。

今は、牛《ヤム》のミルクを出来るだけ飲むことと、適度な運動、そしてぶら下がり健康法的なモノを毎日実施しているのでそのうち成果が現れるだろう、と期待している。

取りあえず前世の身長と同じくらいが理想だな。

前世ではただのデカいデブだったが、今世ではスタイリッシュな長身のイケメンを目指すのだ。

パパンがイケメンなので、顔に関しては保証済みだけどなっ！

「うわぁ～！　ロディフィスの奴、女と手なんて繋いでるぞ！」

「うっわぁ～、ダッセー！」

なんてことを考えていたら、突然背後からガキ特有のキンキンとした金切り声が聞こえてきた。

聞き覚えのある声だけに辟易《へきえき》する。

ミーシャはその声が聞こえた途端に、繋いでいた手をパッと離してしまった。

あ～……折角のぷにぷにが……

振り向くまでもなく誰なのかは分かったが、ムシすると余計なことしかしないので取りあえず振り向いてクギを刺しておく。

「で？　なんか用かマウラ？　用がないならどっか行ってくんね？」

俺はそいつを見上げながら、そう言った。別にこいつが、見上げる程大きい体をしている、という訳じゃない。

ただ単に、背後にあった一メートルくらいの石垣の上に立っていたからだ。しかも、何故か仁王《におう》立《だ》ちして腕を組んでふんぞり返っていた……その格好に何か意味はあるのか？

こいつの名前は、マウラ・イグナシス。

村でも名の知れた悪ガキの大将で、俺とはタメ……同い年だ。非常にメンドクサイことだが、こいつもまた今日から学校へと通うことになっている……当たり前か。同い年なんだからな。

同世代のガキどもの中でも、全俺〝相手にしたくない奴ランキング〟堂々の第一位受賞者である。

なんというか……言うこと為すこと、いちいちジャイ○ニズムなんだよなぁ……

お前の物はオレの物！　オレの物はオレの物！　的な？

体が大きく、身長なんて俺より頭一つ高い。その所為か、何でもかんでも暴力で解決しようとするし、気に喰わなければすぐ手を上げる。

間違いなくただの困ったちゃんなのだが、更に困ったことにマウラの両親は村のまとめ役のようなことをしている。これは村長の次の次の次くらいに偉い役職らしい。詳しい名前は知らん。

そんな家柄――と言う程大層なものではないが――の所為で、村の大人たちをはじめ年上の子どもたちですらマウラには強く出られず、野放しにした結果、増長して我侭《わがまま》放題するようになってしまった……と、まぁ、そんな奴だ。

で、その隣には、これまたド定番な太鼓持ちの少年が一人付いていた。

彼はウーゴ・パントーハ。絵に描いたような腰ぎんちゃくで、〝虎の威を借る狐〟の体現者だ。

身長は、マウラよりは低いが平均よりはやや高い……というか、ひょろりと長い。

「むかっ！　調子に乗るなよロディフィス！　この間は、たまたま調子が悪かっただけなんだからなっ！　あんなのをオレ様の実力だと思うんじゃねぇーぞ！」

「そーだそーだ！　マウラ君がお前なんかに負ける訳ないだろっ！　マウラ君が本気を出したら、お前なんて一発なんだよ！　だよね？　マウラ君」

「おっ、おう！　そうだなっ！」

この間はとは、数日前に俺がマウラを一方的にボコボコにした時のことを言っているのだろう。

何が、〝調子が悪かった〟だ。

泣きながら〝パパに言いつけてやる～！〟なんて、見事な捨て台詞を残して逃げて行った癖によく言うよ。まぁ、その後、本当に家にマウラの両親が怒鳴《どな》り込んできた所為で、俺の両親は平謝り、俺はママンにボコボコにされた……というのは記憶に新しい。

親が子どものケンカにシャシャリ出て来ちゃアカンだろ……

ん？　ケンカの理由？

マウラが俺を見かける度に〝チビチビ〟と連呼して余りに鬱陶《うっとう》しかったので、ムシャクシャしてやった。

殴れればそれで良かった。後悔はしていない。そして、反省もしていない。同じことがあれば、俺は躊躇《ちゅうちょ》なくまた奴をフルボッコにするだろう……

「ふっ、ふんっ！　そんな女と手なんて繋いで喜んでるようなカッコ悪い奴に、俺が負ける訳ないだろ！」

おや？　もしかして、こいつ……

「……なんだ？　羨《うらや》ましいのか？」

「は、はぁ⁉　なんで俺がっ！　バッカじゃねぇーの！」

俺がそう言うと、マウラは顔を真っ赤にして唾《つば》を飛ばして怒鳴り出した。

おいっ！　少し飛んできたぞ！　汚ねぇなっ！

にしても、俺にもこういう時期あったなぁ……

妙に異性を意識し過ぎて、思ってもないことを言っちゃったりするんだよなぁ。〝女と仲良くするのはカッコ悪い〟とか〝女と一緒だと恥ずかしい〟とかさぁ……若いなぁ。そして、青い。

だが、その後にマウラが吐いた言葉を、俺は聞き流すことが出来なかった。

「だっ、大体、なんでオレがそんな〝ゾバカスブス〟と手繋いでるお前を、羨ましがらなきゃいけないんだよっ！　くっだらねぇ!!」

ビクッ――

マウラの言葉に、背中を向けたままだったミーシャの肩が震えたのが分かった。こともあろうに、このジャリガキはミーシャに向かって〝ブス〟と、しかも〝ゾバカスブス〟と罵《ののし》ったのだ。

ミーシャが密かに自分のソバカスのことを気にしているのを、俺は知っている……

ここはすかさずフォローを入れなければ!!　あんなアホなジャリの言葉の所為で、その愛らしい心《ハート》に傷が残ってしまう前にっ！

「はぁ？　〝くだらねぇ〟のはお前だろマウラ？　ミーシャが〝ブス〟？　どこが？　お前、目大丈夫か？　ミーシャ全然〝カワイイ〟じゃん？」

「ふぅぇ!?」

そんな俺の言葉にミーシャが目を丸くして変な悲鳴を上げた。

ほら、カワイイじゃん。

しかし、こんなアホなジャリには仕置きが必要だな。俺は、マウラが乗っかっている石垣に近づいて言ってやった。

「デカいだけで威張りちらしてんじゃねぇーぞ？　このゴブールがっ！」

ちなみに、ゴブールとは豚に良く似た魔物らしい。俺の感覚的にはオークに近いが、まぁ、実物なんて見たことがない。話に聞く限りだとかなり醜く、すごく臭いらしい……

この世界にはモンスターというか魔獣？　そういった人ならざる生き物が沢山《たくさん》いる。

そう考えると人間に転生出来て良かったと、心底思うよ。正直、ゴブールだったら絶望しかなかっただろうな。即自決も止むなしだ。

まぁ、エルフとかドラゴンとかだったらそれはそれで面白かったのかもしれないけれど……

「なんだとぉ！　ロディフィスてめぇチビの癖に生意気っ……」

俺はマウラの言葉が終わる前に、目の前にあった奴の足を思いっきり引っ張ってやった。

デブなため、かなりの重量があるが、バランスを崩させるだけなら今の俺の力でも十分に可能だ。

「のわぁっ！」

「へっ？」

石垣の上という、足場の悪い所でバランスを失ったマウラは、手をバタバタと振って体勢を立て直そうとするが結局うまく行かず、近くにいたウーゴを掴んで共々、石垣の上から落っこちたのだった。

ザマァと、取りあえず心の中でほくそ笑む。異世界《こっち》の住人は、俺みたいな現代社会《あっち》の住人なんて目じゃない程に肉体的に頑丈だ。

起伏の激しい舗装のされていない道を日常的に歩き、毎日畑仕事をしているのだから当然と言えば当然である。だから、この程度の高さから落ちたくらいじゃ、たとえ頭から落ちたとしても死にはしないだろう。

悪は成敗した！　という訳で、ミーシャへのケアだ！

「大丈夫か？　ミーシャ」

「ふっ、ふぇっ！」

俺はミーシャへと近づくと、俯《うつむ》いたままだったミーシャのそのフカフカした頭にそっと手を載せて、ナデナデしてあげた。

「大丈夫！　ミーシャはカワイイよ？　ソバカスだってそんな気にする程じゃないし、むしろそこがチャームポイントな訳だし！　将来、絶対美人になることは俺が保証してやるよっ！　だから、あんなアホの言ったことなんて気にしちゃダメだぞ？」

「ふぅえ？　ふぅええ!!」

「良かったなミーシャ。ロディが〝かわいい〟って言ってくれたぞ？」

俺とグライブが〝かわいい〟〝かわいい〟と連呼しながら頭を撫で続けること数秒……

「ふぅぇえええ!!」

変な悲鳴を上げてミーシャは顔を真っ赤にして、教会に向かってトテトテと走り去ってしまった。

照れちゃって、まぁ、かわいい……

「ロディ……お前、後半ミーシャのことからかってただろ？」

走り去ったミーシャの背中をニマニマとした表情を浮かべて眺めていると、グライブが呆れたような顔をして俺のことを見下ろしてきた。

「それは、グライブもでしょ？」

「まぁな……あいつを見てるとつい、からかいたくなるんだよなぁ……」

「激しく同意……」

俺たち二人はほんわかした気持ちで、走り去るミーシャの背中を眺めていた。にしても、ミーシャ走るの遅っ!!

ここから教会まで大した距離がある訳でもないのに、まだ半分くらいまでしか進んでいない。

今から全力で走れば追いつけてしまいそうだ……って、あっ、コケた……

コケた拍子にパンツがチラッと見えたが、俺は別にロリコンではないので興味はない。まぁ、あと一〇年くらい未来に期待アゲだな。

コケたミーシャだったが、彼女は何事もなかったようにムクリと起き上がると、また〝ふぅええぇ～〟という奇妙な悲鳴を上げて走って行った。

「まぁ、それはさて置き……〝ブス〟なんて言われるよりいいんじゃない？　女の子なんだからさぁ」

「そりゃそうだろうけど……でもお前、アレじゃしばらくまともに口利いてもらえないんじゃないか？」

「……あ」

ミーシャはあれで結構根に持つタイプだ。拗《す》ねたミーシャはハッキリ言って、相当に手ごわい。たぶん、自分がからかわれていたということは理解していただろうから、ヘンにへそを曲げられたら機嫌を直すのに苦労しそうだ……

先日も、からかい過ぎてミーシャのご機嫌が斜めになったことがあったが、元に戻すのに一週間程掛かった覚えがある。これは早めに救援要請を出しておいた方がいいだろう。

「と、いう訳で非常時の際は、よろしくお願いします。お兄様」

「今回の主犯はロディだからなぁ……オレまで飛び火しない限りは知ぃーらねっ」

「あっ、ちょ、グライブ！」

グライブが我関せずとばかりに、教会に向かって歩き出した時――

ゴーン……ゴーン……

と、授業の開始を告げる〝朝の鐘二つ〟が村中に響き渡った。周囲を見回すと、さっきまでちらほらあった子どもたちの姿はすっかりなくなっていた。

「やべっ！　急ぐぞロディ！　シスターたちに怒られる！」

しい。

「お、おうっ！」

急いで走り出すグライブに付いて、俺も教会に向かって走り出した。

結果だけを言えば、俺たちはギリギリながらも間に合い、少しして入ってきたマウラたちは入学早々シスターに御小言を頂いていた。どうやら、石垣から落ちた拍子に二人とも伸びてしまったらしい。

ニヤリと笑ってやると、マウラが俺をニラんできたが、それをシスターに見咎《みとが》められ、更に御小言を追加して頂くという負のスパイラルに陥っていた。

流石シスター。

村長でさえ頭が上がらない教会関係者の前では、たかだか村のまとめ役の家のガキなど恐るるに足る存在ではないのだ。いいぞ！　もっと言ってやれ！

シスターの御小言は、俺たち優良生徒の与《あずか》り知らぬところで粛々と進められるのだった。

余談だが、どういう訳かこの日一日ミーシャの機嫌は非常に良かった。終始ニコニコしており、俺やグライブが懸念した事態に陥ることはなかった。

喜ばしいことではあったが、女の子というのは本当によく分からん生き物だな……

三話　入学式の時間

入学式。

とはいってても、現代日本のような式典めいたことは特にない。教会の礼拝堂に集まった、総勢三〇人くらいの子どもたちが、六〇代くらいの白いお髭の神父様から〝今日から新たな仲間が増えたから、みんな仲良くするように〞というありがた〜いお言葉を賜《たまわ》ったくらいだ。

しかも、別に今日だけ特別に行っているものではなくて、毎朝行っている朝礼のようなものらしい。

まぁ、お言葉だけは流石に入学式仕様だったらしく、いつもと少し違うとグライブが教えてくれた。普段は勤労こそ美徳とか、協力とか、団結とか、共生とか……どこぞのお国を思わせる真っ赤《か》な思想を教えているらしい。こんな小さな村では、皆が力を合わせていかなければ生きていけないのも、また事実なのだ。

共産思想は小さなコミュニティーにこそその存在価値があるのだと、どこぞの本で読んだような気がするしな。なんにしても、解説ご苦労だったグライブ君！　これからも頼りにしているぜ！

と、いう訳で、別に長くもない神父様のお話も終わった頃、シスターの一人が俺やミーシャ……つまり、今年から学校に通うことになった一年生を集めて、聖王教学校について説明をしてくれた。

ところで、シスターと聞くとあの〝ごきげんよう〟と挨拶をする、白と黒のゴシックな感じの修道服を着た女性をイメージするだろう。それに比べれば聖王教会のシスターが着る修道服は割りとカジュアルな方だった。白っぽいワンピース風の服の上に、水色っぽいカーディガンのようなものを羽織っているだけなのだから。

教会の屋根もそうだが、聖王教会のイメージカラーは青と白らしい。それに、頭を丸めていることもなく、あのへんてこな頭巾のようものも被っていない。

現に、目の前にいる推定二〇ン歳のシスター・エリーも、その小麦色の長めの髪をポニーテールにしている。というか、この教会には全員で三名のシスターが修道しているのだが、今は皆ポニーテールだ。

これは、聖王教会がポニーテールを正装としており、シスターは皆ポニーテールにしなければならないという教義があるからだ。聖王教会はポニーテールの世界普及を目指すことを第一の教えとし、日夜ポニーテールの素晴らしさを人々に教え説いているのであるっ！　ビバッ！　ポニーテール！

……ごめんなさい。嘘《うそ》です。俺の脳内お汁が溢れ出してしまいました。

おじさん、ポニーテールに弱いんよ……

聖王教会はそんな如何《いかが》わしい宗教ではありません。人々を洗脳してお布施《ふせ》を巻き上げたり、聖戦とか言ってテロったりしません。

彼女たちがポニテにしているのは、単に作業をする上で髪が邪魔にならないようにするためだと思います。ほら、下向く度に髪が落ちてきたら鬱陶しいしな。

実際、週一……一週間という概念がないので〝週一〟というのもおかしな話なのだが、感覚的に六日に一度ペースで行われている礼拝の時とか、俺たち子どもの相手をしていない時の彼女たちは、結ったり編んだり思い思いの髪型をしていた。まぁ、その落ちた髪を掻き上げる仕草がまたこうグッと……げふんっ、話が脱線し過ぎたな……何の話だったか。そうそう、聖王教学校の説明を受けているんだったな……

シスター・エリーの話をまとめるとこうだ。

聖王教学校では、年齢別のクラスというものは存在しない。というか、出来ない。理由としては、教師役であるシスターの人数不足が原因だ。

年齢別でクラス分けをした場合、七歳から一二歳までの六クラスが必要になる。

しかし、この教会にシスターは三人しかいない。と、いう訳で必然的にクラスの数は三つとなる。

では、どうやって子どもたちを分けるか？　といえば、手始めに各年齢の子どもたちを三つのグループに分けるのだと言っていた。今年の新入生は、俺を含めて九人。年齢別で見たら最多の人数だ。

丁度いいことに、三分割すると一つのグループ当たり三人ずつという計算になる。そんな感じで、各年齢別に子どもたちを三つのグループに分けて、一つにまとめたのが一クラスとなる。

縦割り学級とか、複式学級とか……そんな感じのものだな。そして、兄弟・姉妹・血縁者はなるべくまとめることにしていると言っていた。この時、もしや……と思ったら案の定ミーシャと同じグループに分けられた。

俺とミーシャの間には別に血縁関係はないのだが、家がご近所で生まれた時から一緒であることから、セットとして扱われることが多いのだ。よって俺はミーシャと同じグループとなり、必然的に、俺たちはミーシャの兄ちゃんであるグライブのクラスに組み込まれることが、この時点で既に決定していた。

このグループ分けの方法には、各シスターたちが担当する子どもの人数を均等化するという目的の他に、シスターたちに掛かる保育士的負担を軽減するという目的も加味されている。

つまり、クラスの年長者が下の子の面倒を見たり勉強を教えたりすることが、シスターの補佐的な役割を果たすのだ。上の子は下の子の面倒を見ることで自立心が芽生え、また人に勉強を教えるという行為で本人にも高い理解力が養われる。人にものを教えるなんて、自分が分かってなきゃ出来ないことだからな。

中々に良いシステムじゃないかと、話を聞いて大きく頷いてしまった。こういう縦の繋がりは、現代日本にこそ必要なんじゃないかとまで思ってしまった。

と、いう訳でシスターの話も一段落したところで、グループ分けをするに当たり、空いていた残りの一人が俺たちのグループに組み込まれたのだが……

「おぉ！　あたしはロディとミーシャと一緒かぁ！　あのアホどもと一緒じゃなくて助かったぜ！」

〝あのアホども〟とは、間違いなくマウラとウーゴのことだな。その意見には激しく同意する。

真っ赤な髪を短く切り揃えた、この元気娘はタニア。ミーシャがメイン幼馴染だとすると、タニアはサブ幼馴染といった関係だ。

よく一緒につるんで野山を駆け回ったり、ラビというウサギに似た、でも一回り程でかいというかデブいヤツをとっ捕まえては食卓に貢献したりしている。

ミーシャ程じゃないにしろ家はそこそこ近いのだが、一緒にいる頻度はミーシャの半分程度。見かけどおり元気だけは有り余っている感じで、基本粗雑《そざつ》で大雑把。男勝りな性格も相まって、弱きを助け強きを挫《くじ》く漢気《おとこぎ》に溢れる女の子だ。

ミーシャとはまるっきり正反対の性格でも、そこがいいのか二人はとても仲が良い。普段からよく一緒にいる三人が、学校でも一緒になったということだ。これは僥倖《ぎょうこう》と思っていいだろう。

こいつらが一緒なら、ヘンに気兼ねしなくて済むしな。タニアはタニアで俺たちが一緒で安心したのか、ミーシャとキャッキャキャッウフフしていた。

と、いう訳でグループ分けも無事に済み、俺とミーシャ+《プラス》タニアはシスター・エリーに連れられてグライブたちのクラスと合流した。どうやら、シスター・エリーがグライブたちのクラスの……延《ひ》いては俺たちの担当らしい。担任の先生みたいなもんだな。

「おっ？　やっぱりお前たち同じグループになったか」

俺たちが揃って姿を見せると、早速グライブが声を掛けてきた。

「うんっ！」

「家が近くて昔から一緒だからって理由はどうなんだ？」

ミーシャは嬉しそうに頷き、かくいう俺はそんな決め方でいいのか？　とやや呆れ気味に答えた。

すると、

「うへぇー……やっぱり兄貴と一緒になったかぁ……」

隣にいたタニアが、そんなことを言っていた。

タニアの視線を追うと、そこにはタニアと同じ真っ赤な髪をした少年がいた。直接話したりしたことはあまりないが、顔だけなら何度も見たことがある。

確かグライブの友達だ。名前は……リュド……だったか？　小さな村だからな……子ども同士なら相手の顔を見れば、付き合いがあるかどうかは別にして大体どこの誰かくらいは分かるものだ。
なるほど、グライブとリュドが同じグループだったなら、ミーシャとタニアが同じグループにな
るのは決まっていたということか……つまり、タニアと同じグループになったのは偶然でもなんで
もなかったと。
「だから家で先に言っただろ？　人の話聞いてなかったのかよ？　で……よぉ、リトル・オルガ。
こうやってちゃんと話すのは初めてだな」
タニアと話すリュドと目が合った所為か、リュドは妹のこともそこそこに俺の方へと近づいて
来た。
「その呼び方はやめてくれ。二つ名とか中二心が疼《うず》きやがる……」
「二つ名？　チュウニ……？　何のことか分かんねぇーけど話に聞いた通りヘンな奴だな、お前」
リュドは笑いながら、俺の頭をポンポンと軽く叩いた。本人的には撫でているつもりなのかもし
れないが……
俺は頭を撫でるのは好きだが、撫でられるのは大っキライだ。相手が大人なら仕方ない。甘んじ
て受けよう。綺麗なお姉さんなら、むしろ子どもという立場を利用して飛びつくのもありだろう。
だが、ガキに、それも男に撫でられるのだけはどうにも我慢ならんっ！　女の子なら、よしっ許
すっ！

だってそうだろ？　こちとら、見た目はアレだが心はおっさんだ。ガキにガキ扱いされるとか、屈辱でしかない。なので、俺は頭の上に置かれたリュドの手をペシリと弾いた。

「ケンカ売ってんのか？　ああん？」

「おーコワ！　リトル・オルガにケンカを売ろうなんて命知らずなマネしねぇーよ。悪かったな、頭叩いてよぉ」

リュドはジェスチャーを交えて〝スマン〟と謝ってきた。

だが、何か根本的な勘違いをしているようなのでここはしっかり訂正しておこう。何事も初めが肝心なのだ。

「別に俺は頭を叩かれたことを怒ってる訳じゃない」

「ほぉ……なら、何に怒ってたんだよ？」

「俺は頭を……特に女の子の頭を撫でるのは大好きだが、逆に撫でられるのは大っキライなんだよ！」

俺はそう宣言すると、近くでつっ立っていたミーシャを引き寄せると、かいぐりかいぐり頭を撫で回した。

「ロッ、ロディ君!?　ふぇっ、ふぅぇぇぇ？？？」

ミーシャは何が起きているのか理解出来ないといった様子で、目を白黒させていた。

おお……このふかふかとした触感……心が浄化されていくぅ〜……

「おっ！　なんか知んねぇーけどミーシャばっかずっこいぞ！　あたしもあたしもっ！」

ミーシャを撫で回す俺の腕に、タニアが横から頭をグリグリと押し付けてきた。

「仕方ないな……」

俺はミーシャを解放すると、今度はタニアの頭をグリグリと撫で回した。

ミーシャより若干ゴワゴワした触感だな。ミーシャがネコのようなほわほわした感じなら、タニアはハスキー犬のようながっしりした毛並みだった。ミーシャ程の撫で心地ではなかったが、これはこれで悪くない……

俺的撫で心地ランキングの第四位をくれてやろう！

ちなみに既に殿堂入りしているミーシャが不動の第一位で、二位と三位は同率でレティとアーリーだ。

「ぶっ！　ぶぁわははは！　なんだこいつ！　グライブ！　こいつおもしろいなっ！」

人のことを指差して一頻《ひとしき》り笑っていたリュドだったが、少ししたら目じりに涙を浮かべて俺へと手を差し出してきた。

「リュド・シャールだ。よろしくな」

俺はタニアを撫でるのを止めると、差し出されたリュドの手を取った。

「知ってる。ロディフィス・マクガレオスだ。こちらこそよろしく」

「ああ、俺も知ってるぜ。リトル・オルガ」

握った手にギュッと力を入れて、リュドはニヤリと笑って見せた。こいつ……どうやら俺を普通に名前で呼ぶつもりはないらしい。まぁ、別にいいんだけどな。

そんなやり取りをしていたら、いつの間にか俺たちの周りに人垣が出来ていた。

グライブの……というか、これから俺たちが世話になるクラスの連中だ。俺は近づいて来たガキどもに適当に自己紹介と挨拶をして回った。

中には、あからさまに俺に怯えている女の子がいたので、〝俺は紳士だから、絶対に女の子を叩いたりしないから安心して欲しい〟と、他所《よそ》行き用のロディフィス・スマイルで全力をもって安全性をアピール。すると、ぎこちないながらも、握手だけはしてくれた。

一体俺について何を聞かされたら、あんなに警戒されるのだろうか……謎だ。

そして、ミーシャとタニアに何故か睨まれた。特に何かまずいことをしたとは思わないが、何が気に障《さわ》ったのだろうか……謎だ。

一通りの挨拶回りが終わった頃、俺たちの様子を見ていたシスター・エリーが手を叩き、皆に今日の授業の開始を告げたのだった。

四話　適性検査でフラグ・ブレイク

聖王教学校……つまり教会に、一般の学校のような学習用の部屋など存在しない。三つのクラスが、礼拝堂内で適当な間隔を空けて、床や椅子を机代わりにして勉強するのだ。

聖王教学校で教える科目は全部で五つある。

読み書きを教える言語学。

計算を教える算術。

聖王教会の教えを説く聖教学。これはアレだ。

人の物を盗んではいけません、とか、無闇に人を傷つけてたり騙《だま》したりしてはいけません、とか、嘘をついてはいけません、とかとか。所謂、人としての行い……道徳のようなものを教えているといえば分かりやすいだろう。

そして、一番重要で、俺のワクテカが止まらない魔術学！

〝魔法〟と〝魔術〟は別物らしく、聖王教学校で教えるのは魔術らしい。何が違うのかはよく分からん。で、護身剣術との選択式で、好きな方を選んで受講することが出来るらしい。

護身剣術という言葉には男心がくすぐられたが、折角、異世界に転生したのだ。魔術の一つぐらい使ってみたいじゃないかっ！　ファイヤーボール！　とか叫んで、手から火の玉とか出してみたいじゃないかっ！

正直、他の科目、まぁ、護身剣術はそうでもないが、それ以外はまったくといっていい程、これっぽっちも興味などないっ！

読み書きなんぞ、こちとら四歳になる前に習得しているし、何が悲しくて、今更、足し算引き算を勉強せねばならんのかっ！

聖教学なんて、現代日本で暮らしていればどれも当たり前なことばかりな訳で、詰まるところ、俺は魔術を勉強するためだけに聖王教学校に通うと言っても過言ではないのであるっ！　早速今日から魔術が学べるということだったが、しかし……魔術学の時間までには三つの難関を突破しなければならないらしいっ！

まず、第一の難関は読み書きを学ぶ言語学の時間！

つまらん！　眠い！　のダブルパンチが俺を打ちのめそうと激しく強襲した！

なんとかその猛攻を掻い潜った俺だったが、次の難関が俺に休む暇を与えずに襲い掛かって来た。

第二の難関、算術の時間！

満身創痍《まんしんそうい》な俺に、更なる強敵が援軍としてやって来た。その名も……退屈！

つまらん！　眠い！　に加え退屈！　が後方援護をすることで、俺に逃げ場のない波状攻撃を浴びせてきたのだ。最早これまでか……と観念した時、救いの女神ミーシャ様がご光臨なされたのである。

「ねぇ、ロディ君。ここ……よく分からないんだけど……」

と、いうことでミーシャに足し算を教えているうちに無事、算術の時間は過ぎていった。

はい、聖教学は無理でした。開始数分で轟沈。それがシスター・エリーにばれて説教を喰らいましたとさ。

そんなこんなを乗り越えて、次はようやく待ちに待った魔術学の時間である！

護身剣術の時間でもあるが、どちらかを選択する前にやるべきことがあるとシスター・エリーに言われた。

「それでは今から、貴方たちの魔術適性を判定したいと思います」

そう言ったシスター・エリーは、どこから出したのか、手の平サイズの水晶玉のような物を俺たち一年生組に見せてくれた。

「これは魔共晶《まきょうしょう》と言い、手にした者の魔術適性を調べる道具です。使い方はそう難しくありません。これを手に持って、手の平から玉の中心に向かって水が流れ込むようなイメージを思い描いてください。そうすれば……」

シスター・エリーの言葉が終わるか終わらないかのタイミングで、手にした水晶玉……魔共晶が、ぽわっと淡く光り出したのだった。

「「「おおおっ!!」」」

「……と、このように光ります。これはあくまで現在の貴方たちの適性を知るための物で、魔術に対する適性の序列を付けるための物ではありません。この適性検査の結果を参考に、貴方たちに魔術を学ぶか、剣術を学ぶか決めて欲しいと思います。勿論、適性が高いからといって必ずしも魔術を選択する必要はありませんし、逆に低いからといって諦める必要もありません。魔術は訓練次第でその素養を伸ばすことも出来ます。しっかり訓練すれば、私なんかよりずっと強い光を放つことも出来るようになるかもしれませんよ？」

シスター・エリーが俺たちに向かって、うふふふ、と優しい笑みを向けてくれた。

ちくしょうっ！　かわいいじゃねぇかっ！

俺がもう二〇年程早く生まれていたら、絶対に放って置かなかったのだが、くやしいかな……今の俺はただの七歳児に過ぎない……俺が成人する頃には、シスター・エリーはおばちゃんになってしまっている。

故に、俺は泣く泣くシスター・エリーを攻略対象から除外していた。代わりに、たまに無邪気な子どものフリをして、って実際子どもな訳なんだけど、そのでっかいおっ……桃源郷へとダイブして顔をスリスリしたりしていた。これは、俺がこの世界の墓場まで持って行かねばならぬ超極秘事項である。

ちなみに、シスター・エリーに飛びついている時の俺を見るミーシャさんの視線が何故か凄く冷たいのだが、気づいていないフリをずっと続けている。

シスター・エリーは外見の良さだけでなく、気立てもいい上、子ども好きで料理上手で綺麗好きと、非の打ちどころのない女性なのだが、何故か未だに未婚である。村の女性は大体二〇歳前には結婚している。聖王教会は別に処女厨ではないので、結婚は普通に認めているのだが……謎だ。

「では、誰から始めますか？」

「あたしっ！　あたしやりたいっ！」

問いかけたシスター・エリーに、真っ先に手を上げて答えたのはタニアだった。

「よーしっ！　やってやるぜぇ！」

と口走りながら、タニアは魔共晶を手にすると、ムムムッ、と眉間にシワを寄せて唸り出した。

が……魔共晶から放たれた光は、豆電球以下の光量しかなかった。

「はい。もういいですよタニア」

「ちくしょー！　全然光らなかったっ！」

「魔術の適性は、先天的……生まれ持った〝才能〟に頼るところが大きいですからね。ですが、そんなに悲観しなくても大丈夫ですよ。先ほども言いましたが、魔術の素養は訓練次第である程度伸ばすことが出来ますから」

「ちぇっ！　あたしに魔術の才能はなしってことかぁ……はい、次ミーシャな」

タニアは全然残念そうには見えない態度で、手にしていた魔共晶をミーシャへと渡した。渡されたミーシャは、俺と魔共晶をチラチラ見ている。

多分〝自分が先にやっていいのか？〟と迷っていたのだろう。〝お先にどうぞ〟っと、先を譲った。ミーシャはホント、ヘンなところで気を使う子だな。

「じゃあ、その……やってみるね……」

ミーシャはその小さな両手で魔共晶を包み込むように掴むと、ゆっくりと目を閉じた。

と……

ぽわぽわっ
「「おおおっ!!」」

それを見ていた俺とタニアが揃って歓声を上げた。なにせ、魔共晶が輝いたのだ。それも、タニアは言うに及ばず、下手をしたらシスター・エリー以上にだ。

「これは……すごいですね……」

シスター・エリーもその光景には驚いているようで、初めての挑戦でここまで光ったのを見たことはないと話してくれた。

「ふぅ……それじゃあ、次はロディ君だね。はい」

いよいよ俺の番か……

ミーシャから魔共晶を受け取ると、俺はミーシャと同じように目を閉じた。別にそうすることでいい結果が出るとは限らないが、こう……集中する時は目を閉じる……みたいな？　明鏡止水《めいきょうしすい》の境地……みたいな？

言ってしまえばパフォーマンスだ。だが、しかしっ！

俺にはある一つの明確な未来のビジョンが見えていた。一つ考えてみて欲しい……

異世界への転生……魔術の存在……そして、初めての適性試験……

ここまでフラグが立っていれば、ここから先の展開などラノベで幾らでも読んだことがある。そう……この次の瞬間、俺の手にした魔共晶は眩いばかりの光を放ち、俺は百年に一人、いや、千年に一人の天才魔術師と持てはやされるに違いないのである！

そして、その名声は遥か王都にまで届き、王宮なんかに召抱《めしかか》えられたりするのだ。王宮付きの天才魔術師……なんだか、背中がゾクゾクして来たぞ！

んでもってんでもって、そんな俺に王女様が一目惚れとかする訳よっ！　んで、二人は激しく愛し合うのだが、俺は所詮は市井《しせい》の出……

周りがそれを許さず引き裂こうとするのだが、それが却って二人の愛を燃え上がらせるのだ！　そしてその真摯《しんし》な姿に次第に周囲は二人を認め始め……二人は永遠の愛を誓い結ばれるのである！

くぅ～ロマンだねぇ！　おじさん、そういう話キライじゃないです。むしろ、好物ですっ！

こう、下の方から成り上がるとかね……ロマンだよね。でも、そのルートだと俺、王様？　この国の王様っすか⁉

俺の人生プランは、この村でまったりゆったり暮らすことなのだが……なんだか、そっちの線も悪くない気がしてきた。さて、どちらにしたものか非常に悩む、訳なのだが……

魔共晶を手にしてしばらく経つが、一向に周りが騒がしくなる気配はなかった。俺の想定ではそろそろ〝すげーっ‼〟とか〝なんてことっ⁉〟とか、そういった感嘆の声が上がる頃なのだが……

不安に駆られた俺が、ちょっとだけ目を開けて魔共晶の様子を窺うと、そこにはとても信じられない光景が俺を待っていたのだった。

「なっ⁉　……ぜ、全然光ってない⁉」

あまりにも想定外な光景に、俺は閉じていた目をおっぴろげて魔共晶を覗き込んでしまった。

そう、俺の手にした魔共晶はこれっぽっちも、まったく、豆電球程にも光っていなかったのだ。

これはあれか⁉　俺が脳内お汁を沸騰《ふっとう》させていた所為で、雑念が混ざったとか、そういうことかっ！

ならば今一度、全身全霊を懸けて挑もうではないかっ！　雑念は全て捨てる！　そして、イメージ!!　強く、イメェ〜ジ!!

水が流れ込むイメージで……水が流れ込むイメージで……

しかし、魔共晶はまったく反応を示さなかった。

「むぐぐぐぅ！　こんなはずじゃ！　こんなはずじゃないんだっ！」

光れっ！　光れよっ！　そんな思いを込めて魔共晶を凝視するが、魔共晶に変化はない。

一体どれ程の時間、俺は魔共晶を凝視していただろうか……

突然、ふっと俺の肩に優しい感触がした。振り返ると、そこにはとても優しい微笑を浮かべて俺を見下ろすシスター・エリーがいた。

「その……大丈夫ですよ？　魔術が使えなくても死ぬことはありません。そもそも、生きていく上で魔術はそれ程重要ではないのです。だから、そんなに気落ちしないでくださいロディ」

今……今、シスター・エリーは何と言った？　使えなくても？

魔術は、訓練さえ積めば誰でも扱えるものなのではなかったのか？　俺は、その言葉の真意を確認せずにはいられなかった。

「シスター・エリー……俺でも、訓練さえ積めば魔術……使えますよね？」

俺はすがるような気持ちで、シスター・エリーへと問いかけた。しかし……

「あっ……その……ですね……ロディ。落ち着いて聞いてください。確かに、訓練をすれば使えるようになる可能性は勿論あります。ですが、それはゼロではない……というだけのことなのです。魔共晶はとても微弱な魔力にも反応して光りますが、貴方のようにまったく光らないとなると……そんな貴方が、魔術を使えるようになるまで訓練するとなると、それはとてもとてもとぉーっても大変なことだと、私は思います」

痛てぇ……痛てぇよエリー。その優しさが痛過ぎるよ……

もう、いっそのこと〝お前には才能がないから無理だ〟とバッサリ斬られた方がどれだけ楽か……

「なん……だと……?」

こうして、俺の魔術への期待と憧れは、登校初日にして無残にも一欠片《かけら》すら残さず粉々に砕け散って儚《はかな》い粒子となり、夢想の彼方に消えたのだった……

五話　挫折と再起

「ちくしょー……ちくしょー……」

木の下で膝を抱えた俺は、涙で頬を濡らしながら、渡された棒っきれで地面に〝の〟の字を書いていた。

ここは教会の裏にあるちょっとした広場で、周囲では俺が持っているのと同じような棒っきれを持った子どもたちが、教師役の若い兄ちゃんの指導の下、掛け声に合わせてせっせとその棒っきれを振り回している。

魔術適性が皆無と言われた俺は、それでも尚一縷《いちる》の望みを託して魔術の授業を受ける……などという気にはなれず、結局、こうして護身剣術の授業をとることにしたのだが……

「いい加減泣くの止めろってロディ……」

「だっで……だっでざぁ……」

顔を上げると、グライブが哀れむような目で俺のことを見下ろしていた。

他の子どもたちの輪から外れて、今、俺が何をしているのかと言えば、絶賛イジケ中なのである。

イジケたっていいじゃない。子どもなんだもの……

俺が一体どれだけ魔法の授業を楽しみにしていたと思ってやがるっ！　俺のワクテカを返せこのヤロー！

「シスターも言ってたけどさ……」

グライブは手にしていた棒っきれで肩をトントンとしながら、言葉を続けた。

「別に魔術が使えないからって、困るようなことなんてないだろ？　ほら、俺やリュド、それにタニアだって使えないんだしさ……」

　違う……それは違うのだよ、グライブよ……

「グライブたちは使えないんじゃなくて使わないだけだろ？　全然違うだろ……」

　グライブは俺の言葉に、ちょっと困ったように笑って見せた。

「まぁな……でも、魔術ってさ、適性があればそれだけで使えるってモンでもない、ってことは分かるよな？」

　それは、まぁ……分かる。シスターも魔術が使えるようになるには訓練が必要だと言っていた。でなければ、わざわざ学校で教えたりしないだろう。

「だから、今オレに〝魔術を使え〟って言われても出来ないよ。出来る訳がない。だって訓練してないんだから。ロディと同じだな」

「だから、それは訓練すれば使えるってことだろ？」

「まぁ、そうなんだけど……でも、オレはこれから先も、特に魔術を使えるようになりたいとは思わないけどなぁ……」

「なんでそんなことが言い切れるんだよ？」

　俺が噛み付くように言うと、グライブは苦笑して俺の頭に手を置いた。

だからっ！　俺は頭を撫でられるのがキライだと何度言わせる気だっ！

なので、俺はすかさず頭の上に置かれたグライブの手を、ペシリと叩き落としてやった。俯いていたので顔は見ていないが、グライブがクスリと笑ったのがなんとなく分かった。

「大体、なんでロディはそんなに魔術が使いたいんだよ？」

「そんなもン〝カッコイイ〟からに決まっているだろ！」

そう問いかけてきたグライブに、俺は何の臆面もなく面と向かって言い切った。

だって、カッコイイじゃん！　魔法！　正確には魔術だけどさ……

ズバーン！　バシューン！　ドゴーン！　なっ！　カッコイイだろ？

……なに？　よく分からない……だと？　それは、功夫《クンフー》が足らんのだ功夫《クンフー》が！

偉い老師も言っているではないか、考えるなっ！　感じろっ！　とっ！

「……まぁ、見た目派手だからな……言いたいことは分からんでもないけどさぁ」

それ見たことかっ！　グライブだって、心のどこかでは魔術に憧れを持ってるに違いないのだっ！

だって…男の子だからっ！　男の子だったら皆、〝魔法〟とか〝特殊能力〟なんて大好物に決まっているのだからっ！　だというのに……

「でも、オレはやっぱいいや……」

などと、ぬかしやがったのである。おじさん、裏切られた気分だよっ！　ちくしょー！

「たぶん、お前が思ってる程、魔術って便利なものでもないぞ？　スゲー練習が大変だし、いざって時にすぐに使えないし、使うのだって難しいって聞くぜ？」

しかも、魔術に対してのダメ出しまで付けてきたか……

「それに比べたら剣《こっち》の方が断然いい！　特別な才能なんて要らないし、練習したらした分だけ強くなれるからなっ！　物語に出てくる勇者は剣だけでドラクルだって倒してるんだぜ！」

ドラクルってのは、ドラゴンのような生き物らしい。異世界《こっち》でも、伝説扱いされていて、本当にいるんだか空想上の生き物なんだかよく分かっていないそうだ。英雄譚には大体こいつが出てくる。で、そう言ったグライブは目をキラキラさせながら持っていた棒っきれを聖剣よろしく掲げて見せた。グライブの言う〝物語〟とは、たぶん建国神話のことだろう。

週一の礼拝の時に、神父様が子どもたちに聞かせる昔話の一節に、そんな内容のものがあったことを思い出す。娯楽が極端にないこの村では、おじいちゃんの昔話すら、立派な娯楽になってしまうのだ。

それは、紙芝居に群がる田舎の子どもの気持ちと似ているのかもしれないが……

あんな子ども騙しを正直に信じているとは、ふっ、青いな。所詮は小僧と言ったところか……分かってないな……分かっていないのだ……この脳筋めっ！

まぁ、実在したとして、剣だけでドラゴンを倒せる訳ないだろうに。ああいうのは物語上の演出だ。

実際に倒そうと思ったら、数に物を言わせた人海戦術か、誘い出して遠距離からバリスタやら魔術による一斉掃射でケリを付けるのが基本だろう。

大体、実用性とか、利便性などどうでもいいんだよっ！　なに？　練習が大変？　使うのが難しい？

それくらいの苦労がなんだと言うのだっ！　こちとらブラック企業に一〇年以上勤めてたんだぞ！　この俺の社畜根性舐めんじゃねぇ！　ただ、魔法が使える……それだけが重要なのだっ！

……とはいえ、それもあくまで魔術適性があれば……の話なんだけどな。

適性皆無の俺では、何をどう努力したとこで希望はない。はぁ……思い出したらまた凹《へこ》んできた……

「……剣だってカッコイイとこあるんだからさぁ、そんなに落ち込むなよ？　正直、オレは少しだけ嬉しいんだぜ？　お前ってさ、前からずっと魔術のことばっかり話してたからさ、こうして一緒に剣術の練習なんて出来ないと思ってたんだからな」

……もしかして、グライブは俺のことを慰めようとしてくれているのだろうか？

「なんていうか、いつまでもそうやっていじけてたって、魔術が使えるようになる訳じゃないだろ？　確かに、ロディの望んだ結果じゃなかったかもしれないけど、剣術だって身に付けて損になるものじゃないんだしさ……なぁ？　俺たちと一緒に練習しようぜ？」

まぁ、何ということでしょう……いい歳したおっさんが、この際実年齢は関係ないとして、まさかガキんちょに慰められようとは……しかも、ぐぅの音《ね》も出ない程の正論過ぎて返す言葉もない。

魔術が使えないというのは確かにショックだった……

俺にとって、〝魔術〟の存在を知ってから、〝魔術〟を〝使う〟ということがある種の目標になっていた。だが、しかし……俺の本来の〝目標〟はそんなものだっただろうか？　と、ふと思う。

いや、違う！　俺の〝異世界《この》〟での目標は〝まったり、ゆったり暮らすこと〟だったはずだ！

そこに魔術の存在は、必須事項ではないのである！　大体、俺はついさっきまで〝剣術もカッコイイな〟と思っていたではないか。

それが、〝魔術が使えないから、仕方なしに剣術を選ぶしかなかった〟と考えているから変な方向へと捻じ曲がってしまうのだ。

よしっ！　ここは一発、発想の転換だ。

俺は魔術が使えないんじゃない。

グライブたちのように、使えるがあえて剣術を選んだ、と思うようにしよう。そう、俺は自分の意思で剣術を選んだのだっ！

……おっ？　そう考えることにした途端、なんだか心の中のモヤモヤが晴れ、清清《すがすが》しい気分になってきたではないか。いじけても、拗ねても、無い物は無いのだ。

それでも、自分が持っているカードで勝負をしなければいけないのが人生なのだと、前世で嫌になるくらい学んだだろうに……

なら、今俺がするべきは〝やれることをやる！〟ただそれだけだ。取りあえず、当面のやるべきことは剣術の授業にちゃんと参加することだな。

俺は、徐《おもむ》ろに立ち上がるとグライブへニヤリと笑いかけた。

「んじゃ、ここは一つご指導よろしく頼むぜ兄貴」

「っ!?　おうっ！　厳しくしてやるよっ！」

俺が、グライブの胸をポンと叩くと、グライブはお返しにと俺の頭をワシャワシャとしてきやがった。まぁ、今だけは甘んじて受けてやろう……だが、次はないからな？

余談だが、ミーシャには魔術の授業を受けに行かせた。

行ったのではなく、行かせた、だ。

俺に魔術の適性がないことが分かり、しぶしぶ剣術の授業を選択した時、何を考えたのか〝私も剣術にするっ！〟なんて言い出したのだ。折角の才能なのだから、大事にしなくてはいけないと説得したのだが、ミーシャは頑として言うことを聞かなかった。いつも素直なミーシャにしては、珍しいことだ。

まぁ、最後は〝魔術が使えない俺の分も頑張って欲しい〟と情に訴えて無理矢理納得させた。

実は魔術がキライ……と、いうことでもなさそうだったが……何があの子をそうまでさせたのか、謎だ。

ちなみに、我がグライブクラス——なんと、ウチのグループの最年長者がグライブ君なのです——で魔術の授業を受講しているのは、一人はミーシャ、そしてもう一人が俺を異様に怖がっていたあの女の子、サラサちゃんの二人だ。それ以外は全員、剣術組である。

聖王教学校では、魔術の授業は神父様が、そして剣術の授業は村の自警団の若い衆が持ち回りで行っている。どうして神父様が……と、思うところだが、なんでも若い頃王都で魔術に関係する職に就いていたらしく、魔術の知識が豊富なのだ。

どんな仕事をしていたのか？　どうして、王都暮らしだった人がこんな辺境へやって来たのか？そんな話をすると、いつも苦笑を浮かべてはぐらかすあたり、神父様は過去に何かあったのかもしれないな……

まぁ、他人の過去の詮索なんてするもんじゃない。言いたくないなら聞かないでおくのが人情ってもんだ。

で、なぜこんな小学校のような所で、剣術だとか魔術なんていう、若干軍事訓練気味のようなことをしているかと言うと、それはずばり〝自分の身は自分で守れ！〟と、いうことらしい。

ここラッセ村は、平和・平穏・長閑《のどか》・泰平《たいへい》……そんな言葉がクソ似合うド田舎だが、実を言うとそこまで平和じゃなかったりする。村の北部には鬱葱《うっそう》とした森が広がっており、そこには気性の荒い獣やらなんやらが棲み着いていていたりするのだ。

日本でだって、山間の村に猪《いのしし》やら熊が出て暴れて怪我人が出た、なんてニュースが流れるくらいだ。こんなドファンタジーなド田舎で同じようなことが起きない訳がないのである。

と、いう訳で剣術の授業とはいいながら、その実やっていることといえば、狂暴な獣と出くわした時の対処法だとか武器を用いた護身の方法だとか、そんな感じだ。何も知らないより、多少でも知っていた方がいい、ということなのだろう。

前世で通っていた学校とかで年に一回くらいのペースで行われる、避難訓練の延長みたいなもんだな。

まぁ、実際そんなヤヴァイ獣が村まで出てきたら、俺たち子どもなど建物に避難して、自警団の方々が鍋にするのを待つだけなんだけどな。

今日は初日ということもあり、新入生は剣の正しい振り方を教えてもらってお開きとなった。

年長組であるグライブたちは簡単な稽古――剣道などで掛かり稽古と呼ばれている、一方的に打ち込んでいくアレ――を、自警団の兄ちゃん相手にやっていたのだが、見ていて正直ちょっとおもしろそうだった。

剣術・魔術、どちらにしても終わるのは正午前だ。これが一日の最後の授業になる。

午後の授業はない。聖王教学校は毎日が半日授業なのである。

……今、ちょっとでも羨ましいと思った奴、歯ぁ〜食いしばれぇ！　俺が直々に気合を注入してやろうっ！

なにも学校だって無意味に毎日半日授業にしている訳ではない。子どもといえども、この村では貴重な労働力なのである。それを、マルッと一日勉強のためだけに拘束しておく訳にはいかないのだ。

ある者は畑の手伝い、またある者は家畜の世話、俺だって午後は親父の畑の手伝いやお袋の家事の手伝いをしなければならん。家にはまだ小さいのが二人もいるからな。オカンだけでは手に余るだろう。

こういう身の上になって初めて、日本が如何《いか》に過ごしやすく、すばらしい国であったかがよく分かるというものだ。この国に――というか世界に――子どもを丸一日預かって、読み書きの学習から食事の世話までしてくれる施設など存在しないのだから。

なんてことを考えながら、俺は教会内の一室へと足を踏み入れた。別にノックなどはしない。する必要がないからだ。

俺は、力いっぱい目の前の扉を開くと、部屋中に響くくらいの大きさの声で呼びかけた。

「ミーシャ！　帰るぞっ！」

そう、ここは魔術の授業を選択した者たちが集まる、いわば教室のような所だった。

実際は、神父様が私財で集めた本などが収蔵されている書庫なのだが、使い勝手がいいからと兼用になっていた。

中は決して広くはない。たとえ子どもといえども一〇人も入っていれば、壁際の本棚の存在感も相まって、密集度がハンパない。そんな中、ミーシャが奥の方からヨタヨタと姿を現した。

「ごめんなさい。すみません！　通してくださぁい〜！」

と、人並みを掻き分けて進むその姿は、何とも愛らしかった。

「ふぅ〜……ロディ君の方も終わったの？」

「ああ、だから迎えに来た」

「お兄ちゃんは？」

「外で待ってるってさ。んじゃ、帰るぞ」

「うんっ！」

俺が頷くミーシャの手を取って、神父様の書庫を出ようとした時――

「ロディフィス、少し待ちなさい」

呼び止められて振り返れば、そこには神父様が一冊の赤い表紙の本を手に立っていた。

初日から叱られるようなことをした覚えはないが、なんだろうか？

「はい？　俺に何か御用ですか、神父様」

「用……と、いう程ではないのですが、先日、書庫の片づけをしていたら、この本が書棚の隙間から出てきましてね。キミがまだ読んでいない本なのではないかと思い、確認してもらおうと用意しておいたのですよ。これからキミの所へ持って行こうと思っていたのですが、キミの方から来てくれて助かりました」

神父様は、ニコニコと笑みを浮かべて、俺に持っていた本を差し出してくれた。

「そんな……わざわざありがとうございます、神父様」

俺は神父様に深々と頭を下げてから、本を受け取った。

実を言うと俺は、この書庫に足繁く通っていた時期があり、ここにある本は全て読破していた。

まだ、自分が異世界へと転生してしまったのだということを理解出来ていなかった頃、とにかく情報欲しさに本を読み漁っていたのだ。

この世界には、当たり前だが、テレビもラジオもネットもない。

情報を入手するには、〝人から話を聞く〟か〝本を読む〟以外の方法がなかった。

最新の情報は、たまに村にやって来る行商人から話を聞くことで得られたが、それだって既に時間が経ち過ぎていて、どこまで信用出来る情報なのか当てにならなかった。

情報とは生き物だ。鮮度が重要で、時間が経てば経つ程尾ひれ背びれが付いて、劣化していく。口伝《くちづた》えであるなら尚更だ。が、〝劣化しない情報〟というものもある。

それが〝本〟だ。

本は、書かれた時の情報をそのまま残す。それが、正しいのか間違っているのかは別にしてだけどな。〝この世界に関するある程度の情報を得るには本を読むしかない〟という考えに行き着いた俺は、しゃべれるようになるとほぼ同時に、文字の読み書きを両親にせがんで教えてもらった。突然そんなことを言い出す俺に、両親はスゲー驚いていたが、それはまぁいい……

さっさと読み書きを覚えた俺は、歴史に関する書籍を中心に探すと決めた。この世界の情報伝達速度はすげー遅い。だから、現状を知ろうとするより、過去を調べた方が早いと考えたのだ。

それに、この世界の歴史を知ることが、今の自分の状況を理解する一番の近道のような気がした、のだが……ここで思わぬ誤算があった。

本がまったくなかったのだ。この世界では、本は驚く程高価で希少なものだった。

……考えてみたらそうだよなぁ、文化形態がまんま中世なのだから、印刷技術も中世並と考えておくべきだった。出回っている本は全て手書きによる写本。そりゃ、高価にもなる。

どれくらい希少かといえば、こんな辺鄙《へんぴ》な片田舎の一般家庭には、聖王教会の教本……キリスト教での聖書みたいなやつが一冊あるかないかで、それ以外の本にはまずお目にかかれなかった。

この教本は勿論、シスターたちの手による写本だ。うちにも一冊あって、俺はそれを使って文字を覚えたのだ。

〝本が読みたい〟と言った時の、あの驚愕に満ちた両親の表情を、俺は一生忘れないだろう。

何を思ったか息子が突然、目ン玉飛び出すくらい高価な物を欲しがったのだ。そりゃ、驚きもするだろう。知らなかったとはいえごめんよ。パパンにママン。

と、いう訳で誰か本を持っていないか探し回って、辿り着いたのが神父様だった。何故神父様がこれだけ大量の本を所蔵しているのかは知らないが、俺がダメ元で神父様に本を読ませてもらえないかと頼んだら、こっちが驚く程あっさりＯＫが出た。

〝本は読まれてこそ本。ここで埃《ほこり》を被っているより誰かの目に留まる方が、本たちも喜ぶでしょう〟

とは、神父様の言《げん》だ。教会の書庫は一般開放されているらしいのに、村人たちは皆本に興味がないようで誰も来てくれない、と嘆いていたっけ。

と、いうことで俺と神父様の付き合いはそれ以来となる。

実は俺と神父様は結構仲がいいのだ。教会に頻繁に顔を出していたお陰で、シスターたちとも仲がいい。

子どもという立場を利用して、前世の俺がやれば間違いなく鉄格子付きの堅牢なホテルに接待されてしまいそうなことも沢山した。

……調子に乗り過ぎて神父様に、ありがた〜い説教を喰らってからは（あまり）しなくなったけどな。

まぁ、そんなこともありつつ、当初こそ俺が子どもということで、閲覧時には必ず神父様が同席すること、書庫から本を持ち出してはいけない等の規則を設けられた。しかし俺が神父様に礼儀正しく接し、本を丁寧に扱っていたことで、それもすぐになくなった。

たぶん、書庫にイタズラされたり、貴重な本を破られたりするのを警戒したのだろう。しかし、前世の俺は本――とはいっても基本ラノベだが――には一つ一つブックカバーをかけ、日に当らないよう徹底管理していた。雑に扱うはずなどないのだっ！

今では神父様からの信頼も厚く、持ち出しはおろか数日間の貸し出しすら許される身となった。これこそ、日頃の行いの成果だなっ！

なんてことを思い出しつつ、俺は渡された真っ赤な表紙の本をまじまじと眺めた。タイトルは……書かれていない。表紙も何かの動物の革を使っているようで、あの独特のしっとりとした手触りがした。

ふむ、確かに見覚えのない本だ。

「確かに……初めて見る本ですね……」

しかし、タイトルもなしとは一体何について書かれている本なのだろうか？　興味に駆られた俺は、適当なページを開くと数行に目を走らせた。

「……すごい」

……これ、たぶん魔術書だ。魔術書と言うと大層な物に聞こえるが、内容的にはどこかの魔術師の魔術研究日誌のようだった。魔術に対する、私的な見解や考察が丁寧に書かれていた。

「この本をキミに見せるかどうか、少し悩んだのですがね……喜んでくれたのなら、見せた甲斐《かい》があるというものですね」

神父様はそんな俺を見下ろしてニッコリと微笑むと、そっと俺の頭を撫でた。流石の俺も、世話になっている神父様には逆らうことなく、されるがままとなっていた。

「悩む？　どうしてですか？　新しい本が手に入ったら、内容に関係なく教えてくれる約束じゃないですか？」

「先ほど適性の話を聞きましたからね。ロディフィスの適性があのような結果になってしまい……そこへ〝魔術に関する本〟を渡すなど、酷《こく》な仕打ちなのではないかと思ったのですよ」

神父様は、申し訳なさそうに苦笑して見せた。神父様は、俺が魔術の授業を楽しみにしていたのを間近で見ていたからなぁ……

以前、神父様への個人的なコネを利用して、皆より先に魔術を教えて欲しい、なんて頼んだこともあったからなぁ。まぁ、結局〝ズルはいけません〟と説教を喰らっただけだったが……

まさか、俺の〝魔術適性皆無事件（俺にとっては十分に事件なんだよ！）〟が巡り巡って神父様に心労を掛けていたとは……こりゃ、スマンこってす。

「これは御心遣《おこころづか》い痛み入ります神父様。確かに適性がなく、魔術を扱えないのは残念ですが、だからといって魔術の知識まで手放すつもりはありませんよ。神父様も仰っていたではありませんか。〝知とは宝なり〟と。どうか、俺からその宝を取り上げることはしないでください。そして、これからもこの無知な我が身にご指導ご鞭撻《べんたつ》の程、よろしくお願い致します」

この世界に関する知識の悉《ことごと》くは、神父様とここの本から得たものだ。言ってしまえば、今の俺がいるのは神父様のお陰なのである。もし、何の知識も与えられないまま、こんな閉塞された空間に閉じ込められていたらと考えると、正直ちょっとぞっとする……

「キミという子は……本当に七歳なのですか？　私はたまに、キミが私と同年代ではないかと思う時がありますよ」

神父様は、最後に苦笑しながら俺の頭を一撫でした。いくらなんでも、同年代ってことはないだろ？

俺は生前と今世を足しても四五歳だ。どう贔屓目《ひいきめ》に見ても、神父様が五〇を下回っているとは考えにくい。

それだけ俺が、精神的に老《ふ》けているということなのか？　これは精神的アンチエイジングが必要かもしれないな。

「それは、私の師が書いた物です。どうかその知識がキミの宝になることを、私は切に願います」

そう言って、神父様は静かに目を閉じて手を組んだ。そうか……神父様の師匠は魔術師だったのか……

ってか、師匠の本を本棚の隙間に落っことして忘れたままって、弟子としてどーなのよ神父様。

まぁ、ツッコミはしないがな……

俺は、神父様から預かった真っ赤な本を肩掛けカバンの中へ仕舞うと、ミーシャと一緒に頭を下げて、神父様の書庫を後にしたのだった。そのまま、ミーシャ・グライブ・タニア・リュドと一緒に帰路に就いた。

さぁ！　帰ったら一先《ひとま》ず昼飯だっ！　聖王教学校に学校給食はないからなっ！

六話　平凡な村の一日

「ただい……」

「「ゞまぁぁぁ～～～っっっ!!」」

……なんだ？

帰って来るなり、玄関のドアを開けたら三秒待たずに何かが聞こえてきた。声の感じからすると、レティとアーリーが絶叫《シャウト》しているようだが……

声はダイニング兼リビングの方から聞こえてきたので、俺は自室に行く前に様子を見に戻ることにした。

「ただいまぁ～。レティとアーリーが叫んでたみたいだけど、何かあった？」

「ああっ!!　ロディ!!　良かったぁ……ほらっ二人ともっ！　お兄ちゃんが帰って来たわよ!!」

「ゞまぁぁぁ～～！　ゞにゞいゞちゃぁぁぁ～～!!」

「ゞまぁぁぁ～～！」

俺がリビングに入るなり、ずどどどっと駆け寄ってきたレティとアーリーの二人は、勢いそのままにどすんっと、俺に体当たりをかましてきた。

「うおっ！　とっとっとっ」

何とか受け止めて倒れることはなかったが、体の小さな今の俺では、幼女二人のぶちかましすら耐えるのは大変だった。その後は二人とも俺にぎゅっとしがみつき、涙やらヨダレやら鼻水やらでベタベタになった顔を惜しげもなく俺の服へと擦り付けてきた。

……今、一瞬でも汚いとか思った奴、ツラ貸せやゴラ゛ァ!!

この子たちは天使なんだよっ！　天使から出るモノが汚い訳ねぇだルろぉぉぉ!!

「……で、何これ？」

取りあえず泣きじゃくる二人の妹の頭を撫でながら、俺はテーブルに突っ伏しているママンへと状況の解説を求めた。

「実はねロディ……」

ママンの話ではこうだ。

朝、俺を学校に行かせるために妹たちの世話を引き受けたオカンだったが、そこは地獄の一丁目だった……

天使の皮を脱ぎ捨てリトル・モンスターとして覚醒した二匹の獣は、いつものように過激な遊びを始めたらしい。何をしていたかは敢えて言うまい……

とにかく、その遊びに振り回されたオカンも、最初のうちは何とか相手に出来ていたらしい……のだが、次第について行けなくなってしまった。しかも次第に二人が俺の姿が見えないことに疑問を感じ出したのだ。

そして……家に俺がいないことに気づいた。気づいてしまった。

そこからは、地獄の釜《かま》の蓋を開けたような大騒動だったらしい。

俺の姿を捜し求めて、家中を爆走した挙句、さっきのような大声で泣き叫んだのだ。

現代日本なら、うるさいと怒鳴り込まれるか、児童虐待の疑いで警察が来るレベルだったぞアレ。

幸い、現代日本と違い、ここは田舎だ。隣家まで距離があるので、あの程度の騒音なら近所迷惑にすらならないのが、せめてもの救いか……

そんなこんなで、魂の叫びを上げる二人の幼女を必死になって宥《なだ》めようとしたのだが、宥《なだ》めども宥《なだ》めども、一向に二人の機嫌が回復する兆《きざ》しはなかったのだと、朝より少しやつれた顔で、俺の母親はそっと笑ったのだった……

おつかれさん、ママン……このリトル・モンスターどもを相手によく耐えた方だと思うよ。うん。

で、もうお手上げとばかりに泣くがままに放置し出した頃、俺が帰ってきた、という訳だ。

なるほど。リビングに入った時、オカンが俺に向けたあの救いを求めるような切羽詰った表情の裏には、そんな理由があったのだな……

「……ねぇ、ロディ……あなたいつもあんなのを相手にしていたの？」

「まぁね……」

「そう……すごいのね……お母さん、感心しちゃったわ……さすがお兄ちゃんね……あっ、そういえばお昼がまだだったわね……すぐに用意するから、少しだけ待っていてくれるかしら？」

「……何か手伝おうか？」

「大丈夫よ……ただ……貴方には、その子たちの面倒を見ていて欲しいのだけど、いいかしら？」

大丈夫って顔でもないだろうに……

実を言うと、俺のママンは結構若い。正確な年齢は知らないが、まだ二〇代のはずだ。

〝煩《うるさ》いから〟というだけで我が子を手に掛けるような、胸クソの悪いニュースが飛び交う現代日本のバカ親どもは、あの大合唱を耐え切ったウチのママンを見習うべきだと、俺は強く思ったねぇ。

よしっ！　ここはマクガレオス家の長男として、俺が前線を維持しようではないかっ！

とにかく、この二人の注意を俺に集めておけば、サポート職であるママンは自由に動けるだろう。その間に料理《クエスト》を達成してもらうのだ。標的の行動を管理して、後衛が思う通りの行動を取れるようにするのが盾役である前衛の仕事だからなっ！

「ういっ」

ミッション内容・〝りとる・もんすたー〟をキッチンへ近づけないこと。

ミッション達成条件・ママンが料理を完成させる。

ミッション失敗条件・ママンが料理を完成出来ない。

こうして俺の極秘ミッション・〝りとる・もんすたーを制圧せよ！〟がスタートしたのだった。

と、息巻いてはみたものの……やっていることはいつもと同じ妹たちの世話だ。特に気負うこともなく、俺はレティとアーリーの相手を始めた。


今、俺たちがいるのは庭だ。オカンの料理が終わるまで、リビングから出ていることにしたのだ。午前中が嵐のような騒がしさだったはずだから、少しくらい静かな方がいいだろうという俺の配慮だ。

で、俺たちは今、鬼ごっこモドキをして遊んでいた。モドキであって、鬼ごっこではない。ルールは至ってシンプル。オニは常に俺っ！　妹たち逃げる。俺捕まえる。それだけだ。

ただ……ここに一つ、我が家の……と、いうか俺の独自ルールが加えられている。それは、捕まった者は俺の手によって全身くすぐり地獄の刑にあう。と、いうものだった。

なので……

「うりうりうり〜っ！」

「きゃはははははっっっ!!」

哀れ、俺にゲットされてしまったレティは、俺の手によって全身を弄《まさぐ》られていた。

嗚呼《ああ》……このすべすべプニプニとした肌の触感が堪《たま》らない……いつまでもぷにぷにしていたくなる。時折触れるサラサラヘアー……それはまるで絹《きぬ》の糸のような滑らかな触り心地……いつまでも撫でていたくなる。そして、弾ける眩しい笑顔！

嗚呼……目の前に天使がいるよ……ここは天国《パラダイス》に違いない！

断わっておくが、俺はＨＥＮＴＡＩじゃないからな？　俺にくすぐられるレティは今、丈の長い芝生《しばふ》の上でゴロゴロと笑い転げている。

まぁ、その所為で、着ている白っぽいワンピースが派手に捲《めく》れ上がり、パンツはおろかカワイイおヘソまで丸見えとなっていたが……見ているのは俺一人だから構わないだろう。

ここにもし、この天使たちを如何《いかが》わしい目で見るような輩《やから》がいたら、俺はそいつの目玉を穿《ほじく》り出さなければならない……

「ひーっ……ひーっ……」

笑い疲れてぐったりしているレティを地面に放置すると、俺は別の標的へと狙いを定めた。

「っ！」

木の陰に隠れていたアーリーと目が合った。

……アーリーよ、隠れるならせめて自分より幹の太い木に隠れなさい。

アーリーが隠れていたのは、彼女の胴体の半分程の太さの木だったため、頭隠してなんとやらの状態になっていたのだ。この子は賢いんだか、おバカなんだか……お兄ちゃんちょっとだけアーリーの将来が不安になってきたよ……

結果だけを言うなら、アーリーもとっ捕まえてレティと同じ目に遭わせてやった。俺は、二人分のぷにすべ成分を補給出来たのでご満悦だ。

「ご飯出来たわよー！」

丁度オカンが俺たちを呼ぶ声が聞こえてきた。どうやら料理《クエスト》は無事完了したらしい。

俺は、芝生の上でゴロゴロしていた二人を立たせると、体中に付いた草を落として家の中へと戻ったのだった。


泣き疲れたのか、それとも遊び疲れたのか、もしくはその両方か……

レティとアーリーはお昼ご飯をお腹いっぱい食べたら、速攻寝落ちした。というか食べてる最中からウトウトとし出したのだ。

オカンはそんな二人を寝かしつけるため、寝室へと連れて行ったのだが……戻りが遅いなぁ、と様子を見に行ったら、そのまま二人と一緒に眠ってしまっていた。

オカンもまた午前中に二人に振り回された所為で、疲れが溜まっていたのだろう。幼い子ども二人に寄り添って一緒に眠っている母親の姿は、実に微笑ましいものがあった。

流石のリトル・モンスターといえども、寝ている時は静かなものなので、そのままそっとしておくことにした。ゆっくりとおやすみママン、そして妹たちよ……

俺は、音を立てないようにそっと家を出た。手には、オカンが用意していたバスケットを持って……

中身は親父たちへの差し入れ用のサンドウィッチと飲み物だ。時間にしたら午後三時くらいだろうか。

この時間に親父たちへ差し入れを持っていくのもまた、俺の仕事の一つだった。

「おまたー」

「おう！　ロディフィス来たか。一休みしよう、ガゼイン」

農作業中だった親父に声を掛けると、親父は共に作業に当たっていたガゼインおじさんに休憩の声を掛けた。ガゼインおじさんは、ミーシャとグライブの父親だ。

「ロデ坊。いつもワリィなっ！」

と、ガゼインのおじさんが、農作業をした後の泥塗《どろまみ》れの手で、俺の頭を撫でようとするものだから、俺は咄嗟にバックステップで距離を取った。

おっさん、とは言っても、生前の俺よりずっと若い。ってか、二〇代で結婚して子持ちって、こいつらドンだけリア充なんだよ？　もうみんな爆発しちまえよっ！　とか思ってしまう。

「ありり？　今日も逃げられちまったか……俺ってもしかしてロデ坊に嫌われてるとか？」

まったく……いつもいつも……なぜに泥だらけの手で撫でようとしてくるのか……

「取りあえず、その泥塗れの手を何とかしてくださいと、いつも言ってるでしょうに……」

「がははははっ！　男が細けぇこと気にしてんじゃねぇよ！　なぁ、グライブ！」

今度は、傍らに立っていたグライブへと手を伸ばすガゼインおじさんだったが、これまたグライブにひょいと躱《かわ》されてしまった。

「ありり？　俺ってば、実の息子からも嫌われてんのか？　ショックだぜ……」

「ロディの言う通りだよ父さん。オレだってそんな手で触って欲しくない」

がっくりと肩を落とすガゼインに、グライブは〝やれやれだぜ……〟と言いたげな顔でため息を吐いていた。

ここにグライブがいることは、別に珍しく何ともない。彼は、学校が終わった午後からは家の手伝いをしてるのだ。だから、差し入れを持ってくると大体いる。

そのことをウチのオカンも知っているため、皆で食べられるようにバスケットの中身はいつだって少し多めに用意されていた。ちなみに、ミーシャは家で母親の家事の手伝いをしているという。

この村の人間は大人から子どもまで、皆働き者だ。俺だって、別に働くのが嫌な訳ではない。

俺はこの村で〝まったりゆったり〟と生きて行くという目標を掲げているが、それは決してダラダラ、グータラしたいという訳ではない。俺は、前世でのような無茶苦茶なスケジュールで休む暇もなく馬車馬の如く働かせられるのが嫌だっただけだ。

俺たちは適当な場所に車座になり、親父たちは俺が持ってきたバスケットの中身を摘んだ。

俺はお昼を食べた後ということもあって遠慮しておいた。この小さい体では、あまり多くは食べられない。成長期でも来れば話は別なのだろうが……

あと、生前は不摂生でヤヴァイ体形になっていたので、今はそのあたりのことも考えて自重している。だから、俺は代わりに自分用に用意しておいた水筒を取り出してガブガブと煽った。中身はまぁ、麦茶のようなものだ。本格的な夏までまだまだというのに、今日はやけに日差しがきつかった。

その後、グライブ共々畑の手伝いをして、日が沈む頃に帰路に就いた。

取りあえず、汚れた手足を軽く水で流して綺麗にしてから家に入る。

こちらの世界では基本家の中は土足生活で、俺は元日本人故か家の中で靴というのは少し抵抗があった。なので、昔から家の中では裸足《はだし》でうろついていることが多い。

オカンからは〝靴を履きなさい！〟と再三にわたる注意を受けていたが、これぱっかりは言うことを聞かずにいた。そしたらそのうち何も言われなくなった。

ゴメンよママン。足が蒸れてると落ち着かないんよ。水虫とかになりそうで……

家に戻ると、妹たちは既に起きていてリビングで二人して遊んでいた。オカンは食事の用意中だ。特に妹たちが暴れる様子もないので、俺は自室へと戻る。そして、カバンから一冊の本を取り出した。そう、神父様から借りたあの赤本《あかほん》だ。

表紙が真っ赤でタイトルも付いていなかったのでそう呼んではいるが、〝赤本〟と聞くとなんだか、難関大学に挑む学生のイメージしかないな……

俺は、本を手にするとさっさとリビングへと戻る。当然の話だが、この世界に〝電球〟とか〝蛍光灯〟とか〝LEDライト〟なんてものはない。日が沈んでからの灯《あか》りは専《もっぱ》ら、ロウソクかランプだ。ロウソクは高いので、我が家ではランプを使っている。

ランプは本体購入時に多少値が張るが、燃料になる油は安いので、トータルで考えると使い捨てのロウソクの方が高くなってしまうのだ。とはいえ、本を読むためにいちいちランプを灯《とも》していては家計にお優しくはない。なので俺は、本は極力リビングで読むようにしていた。

灯りの貴重なこの世界では、読書が出来る時間というものは限られている。日のある日中か、もしくはこうしてランプの灯っている短い時間だけなのだ。

「また神父様に本を借りて来たのか？」

夕食が出来るまでの時間を読書に費やそうと赤本を読み進めている俺に、親父がそんなことを聞いてきた。

「うん。なんでも、神父様の魔術の師匠が書いた本らしいよ」

「はぁー……面白いのか？」

「ん～どうだろ？　読み始めたばかりだからよく分からないや」

俺と親父の会話に興味を持ったのか、レティとアーリーが本を覗き込んできた。

少し前に、一人の少年の苦難と成長を描いた冒険活劇……所謂ラノベ的な本を二人に読み聞かせたら大喜びしたことがあった。以来、二人はすっかり本の……というか、物語にドはまりしている。

が、今読んでいるのはそんな楽しいものではない。

〝二人にはまだ難しい本だ〟と説明すると、すぐに興味を失ったようで、また二人で遊び始めた。

「はぁー……本が好きとかねぇ……一体誰に似たんだろうな……」

本を黙々と読み続ける俺に、親父がぽつりそんなことを呟いた。

それからすぐに夕食の準備は終わり、家族揃っての夕餉《ゆうげ》となった。内容は質素だが、ウチのシェフの腕前は絶品だ。大概なんでもうまい。

やっぱり結婚するなら料理の上手な女性がいいな……

別に、料理がヘタな女性を卑下《ひげ》するつもりはないが、〝出来ない〟よりは〝出来る〟方がやっぱりいい。ミーシャはよく家事の手伝いをしているというので、その点は安心していいだろう。将来の嫁候補としては安パイだな。

夕餉の席での話題は、やはり学校のことで持ちきりだった。両親に、何があったとか、こんなことがあったとか話すと、二人はニコニコしながら聞いていたが、魔力適性が皆無だった件《くだり》では、二人とも急に複雑な表情になってしまった。

……もしかして同情しているのだろうか？

しまったな……軽いノリで話してしまったが、言わない方が良かったかもしれないな。

俺的には既に決着が付いたことなのであまり気にしていない、と話したが両親の顔は晴れなかった。

夕食の後、俺は妹二人を風呂に入れた。風呂とは言っても日本式のあの〝湯船にたっぷりお湯を張る〟タイプのものを連想してはいけない。この世界では、水は貴重品なのだ。

少し離れた所に川があるお陰で、水を求めて殺し合いが起こることはないにしろ、それでも人一人が浸かれるくらいの水を用意するのは重労働だ。ましてや、その水を四〇度程度まで温めるとなると、どれだけの薪を消費することになるか考えるだけでゾッとする。薪だって無料ではないのだ。

俺自身、生まれてこの方日本式の風呂になど入ったことはない。

……ああ、あのお湯に全身が包まれる感覚が懐かしい。

てな訳で、アストリアス王国式の風呂について説明すると、まず台所で熱湯を作ります。次にそれを水で割って、適温にします。それを、布に含ませて硬く絞ったら全身を拭きます。余ったお湯で、髪に付いた埃などを洗い流して、はい終了です。

家の中に浴室なんてものは勿論ないので、体を洗う時は基本外に作られた掘《ほ》っ立《た》て小屋のような所を利用する。これ、気候が暖かいうちはいいが、冬になると結構キツイ……

なので、寒くなってくると誰もが風呂を控えるようになる。まぁ、冬は汗もかかないから多少は大丈夫だろうが、日本人としては寒いからこそ、あのあっつぅ～い湯に浸かってホッと一息吐きたいところではある。

と、ないもの強請《ねだ》りをしても仕方ないので、俺は家の裏側にある衝立《ついたて》で囲われた洗い場へと妹たちを連れ込むと、早速全裸にひん剥いた……別にいやらしい意味じゃないからな？

んで、持ってきた手の平サイズの木の実を握って割ると、お湯を掛けてモミモミモミ……

するとどうでしょう！　あら不思議！　あっという間にアワアワになりました！

正式名称は知らないが、所謂、〝石鹸《せっけん》の実〟というやつだ。日本で一時期エコだなんだとテレビで紹介されていたのと、たぶん同じような物だろう……確か、ムクロジ、とか言ったかな？

てな訳で、手早く妹たちを素手で丸洗いしてからお湯で濡らした布で綺麗に拭き取って終了だ。

暖かくなってきたとはいえ、夜はそれなりに冷える。

風邪を引かせないように服を着せ、とっとと家の中に連れ帰った。んで、新しいお湯をもらって今度は自分の番。

風呂から上がれば、もうやることはない。あとは寝るだけとなる。この村の生活は、日の出と共に始まり、日が沈むことで終わるのだ。

俺が自室に戻ると、そこでは既にレティとアーリーがベッドの上でゴロゴロしていた。

どうやら今日も俺の部屋《こっち》で寝るらしい。

俺が部屋に入ってきたのを確かめると、二人してベッドの中に潜り込み、左右に分かれて中央に一人分のスペースを作った。ここに入れ、ということなのだろう。

俺の部屋……とは言っても。正確には子ども部屋なので、この部屋の使用権は俺・レティ・アーリーで等価だ。だから、二人がこの部屋で寝るのは別におかしなことではなく、当然なのだが……

この二人、基本フリーダムなので、この部屋で寝ることもあれば、両親の寝室で寝ることもある。あっちをウロウロ、こっちをウロウロしているのだ。まぁ、ここ一週間程はずっとこっちで寝ているがな……

俺がベッドに潜り込むと、すかさず二人は両サイドからガッシリと俺の胴体にしがみついてきた。

若干高めの子ども体温が、肌寒い夜には心地好い。

「にーちゃ、お話っ！　お話するっ！」

「……にーちゃ……お話聞きたい……」

分かってはいたが、やっぱり目的はそれだったか……

数日前、試しに神父様から借りた本を二人に読み聞かせて以降、事あるごとに二人は俺に何か話をしろとせがんでくるようになってしまったのだ。どこのアラビアンナイトだよ……まったく……

話せ、と言われてそうポンポンと思い浮かぶ訳もなく、俺は寝物語に日本の童話をいくつか話して聞かせた。桃太郎・一寸法師・浦島太郎・サルカニ合戦・かぐや姫……あとなんだったか？

勿論そのまま話しても文化的差異から理解出来ないこともあるだろうから、適当にアレンジはしたがな。鬼とか言っても分からんだろうし、キビダンゴなんて俺だって実物見たことない。

しかし、俺が知っている童話なんてそんなに種類が多くもないので、あっという間に底を突いてしまった。話せ話せとせがまれ、う～んう～んと唸っていたら、アーリーが突然〝かぐや姫は月に帰って、何をしているのか？〟なんてことを聞いてきた。そんなこと俺だって知らんわっ！

なので、そこからは俺の勝手な妄想による〝かぐや姫後日談・サイドＫＡＧＵＹＡ〟を二人に聞かせていた。今の二人の中では、かぐや姫は全宇宙を股に掛ける女宇宙海賊になっている。

ラビの手下を無数に引き連れて、悪政を敷いて民を苦しめる宇宙悪代官を懲らしめているのである。しかも、宇宙悪代官が民から奪った財を、民に返すという女宇宙義海賊なのである！

……ツッコミどころは満載だが、彼女たちが喜んでいるのだからそれでいいではないか。そして、今日もそんなテキトー話を聞かせているうちに二人はすっかり夢の中へと旅立っていた。

さて、これにて今日のお勤めはお終いだ。明日も早いので、今日はもう寝てしまおう。

それでは、おやすみなさい……ぐぅ～

七話　赤本

俺が聖王教学校に通い始めて、数日の時が流れた。それはつまり、神父様からあの赤本を借りた日数にもなる訳だが……

その間、俺は暇さえあればずっとこの赤本を読んでいた。今回でもう三回目の読み直しになるのだが、この本は本当にスゴイ。

何がスゴイって、魔術のイロハについて事細かく書かれていたのだ。正直、この赤本の存在はありがたかった。なぜって、俺は魔術というものが存在していることは知っていても、その原理……というか、法則のようなものをまるで知らなかったからだ。

勿論、今まで読んだ神父様の蔵書の中に、魔術に関する本がなかった訳ではないが〝魔術とは、聖人様の加護である〟とか〝祈りの力が、魔力を高める〟とか……なんだか、精神論的なものばかりで全然参考にならなかったのだ。しかし、この赤本は違う。

この魔術研究書は、〝魔術とは何なのか？〟という命題に対して、多角的なアプローチから実験・考察を繰り返し、その本質を暴こうとしていたのである。そして、その答えもまた記されていた。

ざっくり言ってしまえば魔術とは、体内の魔力を消費して現象を引き起こすこと、となるらしい。

ウチワで仰ぐ。だから、風が起こる。

この時の〝風が起こる〟という現象に対して、ウチワに該当するのが魔術なのだと、この本を記した魔術師――この人物は自分のことを〝魔道士〟と呼んでいたが――エーベンハルト・ヴィッセン・ハルフレイムは説いていた。エーベンハルト氏によれば、魔術は一見万能の力に見えるが、その実制約も多く、実際のところはただ便利なだけの道具に過ぎない、とのことだった。

先に述べたが、魔術とは現象だ。いわば結果だ。

風を起こす、石を飛ばす、火を熾《おこ》す……と、いうようなことは出来ても、水を生み出すというように、何かを創造することは出来ないらしい。

俺の感覚で言うなら、魔術とはＥＳＰ……超能力に近いんじゃないだろうか？　サイコキネシスとかパイロキネシスとか、そんな感じだ。そして、当然だが魔術を使えば〝魔力〟を消費する。

しかし〝魔力〟とは俗称で、エーベンハルト氏は魔術を使うのに必要な力を〝マナ〟と表していた。〝マナ〟とは、この世に生きる全ての生命に宿っている生体エネルギーのようなものであるらしい。生命力、と言い換えてもいいのかもしれない。

ここで、俺に一つの疑問が生じた。

もし、魔術に必要な力がこの生命力《マナ》というものであるとするなら、それは勿論俺にも宿っていることになる。ならば、何故俺は魔術を使うことが出来ないのだろうか？　入学初日、あの魔術適性検査で魔共晶が何の反応も示さなかったことと、話の辻褄《つじつま》が合わないのだ。

しかし、そこは研究者。俺の疑問に関する解が、しっかりと載っていた。

エーベンハルト氏の研究結果によると、マナは平時は常に体内に留まり体内を循環しているのだそうだ。が、術者が魔術を行使する際、体内から体外に放出されるという。

この放出されたマナこそが魔力の正体である。つまり、魔共晶はこの放出されたマナにだけ反応していたのだ。

逆に考えると、俺のようなマナを意識的に体外に放出することが出来ない人間には、絶対に魔術を使うことは出来ないのである。このマナを操作する能力がそのまま魔術師としての力量となってしまうのだ、とも書かれていた。

……イメージ的には、蛇口のような物を連想すれば間違いではないだろう。

大きな蛇口からは沢山の水が、そして小さな蛇口からは少量の水しか出ない。この〝水〟がマナで、一度に大量の水を出せる大きな蛇口が優秀である、と。ちなみにだが、この〝蛇口〟の大きさは生涯変わることのない先天的なものだとエーベンハルト氏は記していた。

……なんてこった。

ある程度覚悟はしていたが、こうもハッキリと〝お前は一生魔術が使えないんだよっ！〟と言われると流石にクルものがあるな……マジ凹《へこ》みしそーだよ……

が、この赤本には更におもしろいことが書かれていた。それは、この赤本を書いた本人、エーベンハルト・ヴィッセン・ハルフレイムもまた、俺と同じように魔術適性が皆無の人物であった、ということだ。

流石にこれには驚いた。これだけ見事な魔術研究書を書いた人物だ。さぞや高名な魔術師なのかと思ったらそんなことはなかったとは。

赤本の所々に、魔術を扱えない苦悩や、挫折、愚痴などが散見された。エーベンハルト氏もかなりお悩みだったようだ……

それでも魔術師になることを諦められなかったエーベンハルト氏は、独自に研究を続けた……

しかし、研究すればする程、得られる結果は、自分には魔術を使うことが出来ないという非情な現実だけだった。

晩年……エーベンハルト氏は研究の方向性を変えた。ある意味、諦めたのだ。その件《くだり》を読むと、エーベンハルト氏が如何に断腸の思いであったかを窺い知ることが出来る。

エーベンハルト氏の新たな研究……それが〝魔術陣による間接魔術〟だった。

それは、人が行う魔術発動までのプロセスを、魔術陣という一種の装置に代わりに行わせる、という代物だ。これは予《あらかじ》め描かれた魔術陣へマナを流すことにより、個人的な資質の影響を受けず、誰でも一定レベルの魔術を簡単に行えるということを目的として作られた魔術だった。

画期的な大発明……かと思われたこの研究も、結局はあまり日の目を見ることなく消えてしまったようだ。何故か、って？　この研究が未完成だからだ。

エーベンハルト氏は、この研究の半ばで亡くなっているようだ。それを示すように、後半部分のページはまっさらなままだった……

文字が記されている最後のページには、動かなくなっていく体への苦悩や、研究の終わりを見ることが出来ない絶望感が滲《にじ》み出ていた。そして、本当の最後の文章には、弟子に対する謝罪の言葉が滲んだ文字で刻まれていた……

なんでも別れ際に、弟子の才能に嫉妬して酷い言葉を吐いてしまったらしい。そのことに対する謝罪だった。

……たぶんここに書かれている弟子というのは、神父様のことだろう。

この文字の滲み……エーベンハルト氏がこの「赤本」を書き上げた後に、そうなったように思える。根拠なんてない。なんとなくだが、そんな気がしたのだ……

そして、この赤本を読んで一つ確信したことがあった。それは、神父様がこの本を……

コツンッ――

突然、視界が上下にブレた。それが自分の頭を小突かれたからなのだと俺が理解するのに、数瞬かかった……

痛くもない頭部を擦《こす》りながら顔を上げると、そこにはシスター・エリーの顔があった。

……若干お怒り気味のようである。

「ロディ？　今は、何の勉強をする時間でしょうか？」

「えっと……確か、言語学の時間だったかと……」

「それはとっくに終わりましたっ！　今は算術の時間ですっ！」

……わぁおっ！

いつの間にやら、言語学の時間終わってやがんの……

「先ほどは言語学の時間ということで、貴方が本を読んでいても黙認しました。本を読むことも勉強であると考えたからです。ですが、今は算術の時間ですよっ！　自分勝手なことをしてはいけない、と聖人様も常に仰っているではありませんかっ！」

「は、はい。その通りですシスター……」

シスター・エリーは普段はニコニコとして大人しいが、怒ると怖いのだ。

「分かったのでしたら、その本を仕舞いなさい」

「はい、シスター……」

俺は素直に赤本をカバンへと仕舞った。ここで、自分には算数の勉強など不要っ！　と、突っぱねることも出来なくはないが〝和を乱してはいけない〟というのもまたごもっともな話なので、俺は逆らうことなくシスターの言葉に従った。

その様子に満足したのか、シスターは大きく頷くと俺の頭を一撫でして立ち去って行った。しかし……

俺はこの後、シスター・エリーにしこたま説教されることとなる。

何故かって？　んなもん、詰まらん上に暇で退屈だった所為で爆睡していたからに決まっているではないか。ヤバイ……これで、前科二犯になってしまった……

教会での授業が一通り終わり、後は帰るだけとなった頃……

俺は、人気《ひとけ》のなくなった書庫へと足を運んでいた。ミーシャたちには、用があるからと先に帰ってもらった。

「失礼します」

「おや？　ロディフィスではないですか？　どうしました？」

書庫の扉を軽くノックをした後、俺は返事も待たずに中へと入っていった。そんな俺の行動を咎めることもなく、神父様はいつもと変わらない優しい笑顔で、俺を出迎えてくれた。

今だけは、その笑顔が作り物臭く見えて仕方なかったけどな……

「……神父様、どうしてあの本を俺に見せてくれたんですか？　あんな嘘まで吐いて……」

「嘘……ですか？」

回りくどいのは面倒なので、俺は前置きはすっ飛ばして、いきなり核心だけを聞いた。その問いかけに、神父様はいつものような笑顔を貼り付けたまま、何食わぬ顔で俺のことを見下ろしていた。

「神父様は、言いましたよね……あの本は〝本棚の隙間に落ちていた〟って……あれ嘘ですよね？日あの本の装丁はすごく綺麗なままでした。とても、長い間埃を被っていたようには思えません。日に焼けた様子もないですし、たぶん……机の引き出しか、何か箱のような物の中に大切に収められていたんじゃないですか？」

俺は神父様の目を、じっと見つめた。別に、嘘を吐かれたことを問い詰めようなんて気は更々《さらさら》ない。大した嘘でもないしな。俺はただ、そこまで大切にしていた本をなぜ俺なんかに見せてくれたのか……

　それを知りたいだけだった。

「ああ……そのことですか……」

　神父様は、今ようやく何のことか理解した……と言わんばかりの表情で、俺の方へすっと近づいて来た。そして、俺の目前に立つと、ゆっくりと膝を床に突き、視線の高さを俺に合わせてくれたのだった。

「そうですね……気恥ずかしかったから、でしょうか」

　少しばかりの沈黙の後、神父様はいつもの笑みを浮かべたままそんなことをぽつりと呟いた。

「……恥ずかしい？」

「ええ。こんないい歳をした男が、たった一冊の本を後生大事にしていると思われるのが恥ずかしかったのですよ。なので少し見栄を張ってしまいました……申し訳ありません。〝虚栄は悪心である〟と、そして〝嘘で人を欺いてはならない〟と、聖人様も仰っていたのに……私は神父失格ですね」

　神父様は、俺に向かって申し訳なさそうに深々と頭を下げた。

「ちょっ！　やめてください神父様！　頭を上げてくださいよ！　俺は別に、嘘を吐かれたことをどうのこうのと言いに来た訳じゃないんです！　俺はただ。何でそんなに大切にしている本を、俺なんかに見せてくれたのか……そこが知りたかっただけなんです」

俺に神父様を咎める意思はないと分かってくれたのか、神父様は下げた頭を、ゆっくりと上げた。

「キミの慈悲に感謝を……」

神父様は胸の前で印を切って手を組んだ。祈りの前に行う儀式のようなものだ。

わざわざそんなことをしなくても、と思うが、根が真面目な人だけにこういうことはちゃんとしないと気が済まないのだろう。

「そうですね……まず一番の理由としては、ロディフィス……キミが私の先生と同じく魔術適性を持っていなかったから……でしょうか。キミを見ていると、なぜか先生を思い出すのです……顔も性格も、何も似ていないのに……ロディフィス……キミはあの本を読んでどう思いましたか？」

「……大変素晴らしいものだと思いました」

神父様が何を聞きたかったのか、それは俺には分からない。だから、俺は思ったまま、感じたままを包み隠さず神父様に語って聞かせた。

魔術に関する解説がとても丁寧で分かりやすかったとか、俺と同じ魔術適性がない人物が書いたものだったことに驚いたとか、そして……

「魔術陣という既存の魔術体系とは一線を画す技術が未完のままというのが、とても残念に思いました。あの技術が完成していれば、きっと大発明になっていたのではないでしょうか？」

「そうですか……ありがとうございます」

神父様は、俺の話を聞き終えると、笑みを浮かべたまま静かに礼を言って、小さく頭を下げた。礼を言われるようなことを言った覚えはないのだが……

「ですが、それはたぶん無理な話でしょうね……」

神父様が頭を上げた時、そこに先ほどまでの笑みは消えていた。どこか悲しみに満ちた目……普段の神父様からは、絶対に想像出来ない、そんな目だった。

「あの魔術陣を用いた魔術は、決して機能することのない欠陥魔術なのですよ……」

八話　神父様と魔術陣

俺は自室に入ると、机の上のランプに火を灯した。

普段は節約のために、風呂から出たらすぐに眠ってしまうのだが、今はそんな気にはどうにもなれなかった。今夜は御誂《おあつら》え向きにも、妹たちは両親の寝室で寝るらしい。

俺は静かな部屋で一人椅子に座ると、カバンから一冊の真っ赤な本を取り出して、机の上に置いて、適当なページを開いては、読むとはなしに目を落とす……

そして、昼間の書庫での神父様との話を思い出す。

エーベンハルトという人物は、魔術師の間ではそれなりに有名な人であったらしい。勿論、良い意味ではなかったが……

魔術が使えもしないくせに、魔術の研究をする変わり者だと、後ろ指を指されていたようなのだ。

そんなエーベンハルト氏の言動は良くも悪くも人の注目を集めた。

魔術陣の研究がいい例だろう。

〃あの半端者がまた何やら企てているらしい〃

そんな話を神父様が聞きつけたのは、神父様が師の元を離れて随分と経った頃だった。ケンカ別れのように師の元を飛び出した神父様は、ずっと師のことが気がかりだったらしく、良い機会だと、師の元を訪れる決意をした。のだが……

神父様が目にしたのは、白き骸《むくろ》となった師の変わり果てた姿だったという。

そして、その白骨化したエーベンハルト氏の傍らに置かれていたのが、この赤本だという訳だ。

……正直、そんな話聞きとぉなかった。軽くホラーじゃないかよっ！　目の前の赤本が急に不気味に思えてきたぜ。まぁ、それはさて置き……

神父様は、この赤本を読んで、魔術陣の研究を引き継ぐ決意をしたらしい。すぐさま赤本を持ち帰り、魔術師仲間に師の研究を手伝ってくれるように要請した。が、色好《いろよ》い返事は一つも返ってこなかった。

〝あの変人の研究なんて、碌《ろく》なものじゃない〟

〝得体の知れないものを研究するつもりはない〟

と、内容以前に〝エーベンハルト・ヴィッセン・ハルフレイム〟が関わったものには関わりたくないという理由ばかりだった。

周囲の反応に嫌気が差した神父様は一人、師の名誉を挽回するため、師が最後の研究の地と定めた場所で師の研究を引き継ぐことにした。

それがつまりこのラッセ村だということだ。

エーベンハルト氏は結構な人嫌いだったらしく、人の多い所を嫌っていた、と神父様は話してくれた。

まぁ、境遇を考えれば納得出来ないことはないな。

師の研究を引き継ぐと決めたものの、研究はいきなり難航した。それもそのはず、エーベンハルト氏が魔術陣の研究を始めた頃、既に神父様は師の元を離れており、師がどんな経緯で、どんな心境でこの研究を始めたのか、何も知らなかったのだ。しかも、残されていた研究資料はこの赤本たった一冊……

研究途中のメモやノート、その他一切合財《いっさいがっさい》が見つかっていないという。この赤本一冊まとめるのだって、それなりの量の資料が必要なはずだが……

そんな資料もない、手掛かりもない、まさに五里霧中からのスタートだった。そして結局、神父様は師の研究を完成させることは出来なかったらしい。

〝私に研究者としての才能がなかったのか……それとも、初めから先生の夢物語だったのか……〟

そう、どこか遠くを見るように、神父様は寂しげな表情で呟いていたっけ……

そんなこんなで、研究に先が見えなくなった神父様は魔術師としての活動に戻る気にもなれず、この村で神父の真似事をして住むことにしたのだと語ってくれた。正確には、朽ちた教会跡で寝泊りしながら村の子どもたちに読み書きを教えていたら、村人たちから勝手に〝神父〟にされてしまっていたらしい。

断らないどころか、そのまま神父をやっているあたり、人がいいのか流され易いだけなのか……

〝もし良かったら、この本はキミに差し上げましょう〟

話の終わり際、神父様はそんなことを言い出した。師匠の形見みたいなもんだろうに……

そんなほいほい人にやっていいのか？　と思って俺も一度は断ったのだが、

〝今の私にとっては、もう無用の長物ですからね。もし、キミがまだ魔術に心残りがあるなら、持っていて困る物でもないでしょう。いつの日か、その本がキミの助けとなってくれるかもしれませんから……〟

そう、押し切られるような形で半ば強引に渡されてしまった。

まぁ、そんな流れで、神父様の師匠の形見である赤本は、今は俺の所有物となっている訳だが……

しかし、神父様は一体何のつもりで俺にこの本を渡したんだかな？　まさか、こんなガキんちょに研究を引き継いで師の無念を晴らせ、とかいうことではないと思うが……

しかし、神父様の言うように、魔術適性のない俺が魔術を使おうと思ったら、魔術陣のような間接的手段しかないのもまた事実。と、なれば最も参考に出来そうな物と言えばこの本な訳で……

うしっ！　とりあえずウダウダ考えるのは止めよう。〝くれる〟と言うならもらっておけばいいのだ。

本当に魔術陣の研究をするかどうかは別として、あって困るものではないのは事実だしな。幸い、俺が死ぬまでにはまだ幾らでも時間はある。前世のように不慮の事故や病死をしなければ……だけどな。

ぼちぼち調べていけばいいだろ。あわよくば、本当に魔術が使えるようになるかもしれないしなっ！

俺は開いていた赤本をパタリと閉じると、ランプを消してベッドへと潜り込んだ。

とにかく全部明日からだっ！　明日から色々始めてみようではないか。

と、いう訳で今日はもう眠いのでおやすみなさい。

ぐぅー……


数日後……

「え～っと……ロディ君、ナニこれ？」

「魔術陣ですっ！」

俺とミーシャは今、家の近くの広場に来ております。

ここ数日、気がついたら赤本を眺めるような毎日を送っていた俺は、結局、魔術陣について色々と調べてみることにしました。今日は、その栄《は》えある実験の第一回目になります。

細かい事情も説明せずに連れて来られたミーシャは、大地に描かれた大小様々な魔術陣を「ほぇ～」と不思議そうな顔で眺めていた。

こいつは宛《さなが》ら、ナスカの地上絵のようだな。勿論この魔術陣は、俺が用意したものだ。

言うまでもないが、全てあの赤本に載っていた魔術陣である。

雨に流されたり、ガキにイタズラされたりしても簡単に消えないように、一～二センチメートルくらいの深さまで地面を掘って描くのは、非常に骨が折れた。絵を描くのは得意なので、コピーするのはそう難しくなかったが、とにかく時間がなかったのが大変だった。

朝から昼に掛けては学校、その後は家の手伝い畑の手伝い、妹たちの世話……そんな合間にチマチマチマチマと……まぁ、今はそれはどうでもいいか。

赤本には全部で数十種類もの魔術陣が描かれていたが、流石に全部は時間的に無理だったので、ページの若い順に三種類を大・中・小、計九個用意してみました。サイズ違いで複数用意したのは、それなりに理由がある。

「ミーシャ助手！」

「じょ、じょしゅ？」

「返事はっ！」

「あっ、はっはいっ！」

ミーシャは俺の号令に、その場でビシッと気をつけの姿勢を取った。

ノリのいい子だなぁ……何がなんだかまったく分かっていないだろうに。

「うむ。実はミーシャ助手に協力して欲しいことがあり。ここへと連れてきた」

「きょうりょく……？」

俺の言葉に、ミーシャはきょとんと小首をかしげてしまった。あら、かわいい……って違うか……

これはあれだ、言葉の意味が分かってないな。まぁ、七歳児だから当然といえば当然なんだが……

「コホン、実はミーシャに手伝って欲しいことがあるんだけど、お願い出来るかな？」

「私が、ロディ君のお手伝い……？　うん、いいよ！」

二つ返事でＯＫとは、ええ子やなぁ……

満面の笑みで頷くミーシャの頭を、俺は無言で撫で繰り回した。

「えへへへ……」

一頻《ひとしき》りミーシャの頭を堪能したところで、俺は本題を打ち明けた。

「今からここで、魔術の実験を行おうと思いますっ！」

「じっけん……？」

俺は今からやろうとしていることを、ざっくりとミーシャへ説明する。子どもだからといってバカにするつもりはないが、たぶん、細かく言っても分からないだろうしな。

俺が今からする実験とは、ミーシャにこの魔術陣へ魔力……つまり、マナを流し込んでもらうことだった。

赤本曰く、魔術陣は外部からマナを供給されることによって発動するらしい。マナを制御出来ない俺では、二進《にっち》も三進《さっち》もいかないので、そこはミーシャに協力してもらうことにしたのだ。当初は神父様に依頼しようかとも思ったが、色々と忙しい身だしな……頼めば断りはしないだろうが、それも忍びないので止めることにした。

とはいえ、ミーシャはこう見えて、魔術の授業の成績は非常に優秀だ。

神父様が〝天才かもしれない〟とベタ褒めしていたくらいだから、たぶん本物なのだろう。ちっ、羨ましい限りだ……

おっと、幼女に嫉妬とか大《だい》の大人がすることじゃないな……まぁ、今は七歳児だけどな。

とにかく……魔術に関しては、この運動神経が死滅しているミーシャでも、実力は折り紙つきなのだ。

赤本には、いくつもの魔術陣が記されていたが、どれ一つとして、それがどんな魔術を発動させるのかの説明は書かれていなかった。つまり、発動した時に何が起こるか分からない。

たぶん、死ぬようなものはないと思うが……

故に、俺はミーシャにゆっくりと少しずつマナを流し込むように、くどいくらい念を押した。もし、ちょっとでも異変があったらすぐに止めるように、とも言い聞かせる。

そんな俺の説明を静かに聞いていたミーシャは、真剣な顔で〝分かった〟と言って、一番手前の一番小さな魔術陣に手を突いてマナを流し込み始めた。のだが……

何の反応もなかった。

俺はミーシャに少し強くマナを流し込むように指示を出したが、結果は変わらず。残りの魔術陣も全て試してみたが、どれ一つとして反応を示すものはなかった。

実を言うと、この結果は大方予想出来ていた。神父様が魔術陣を〝欠陥魔術〟と言っていた理由はコレだ。そもそも、これは赤本に記されていた手順だ。それを神父様が試していない訳がない。

現に、神父様は〝全ての魔術陣にマナを流したが、何も起きなかった〟と言っていた。

それでも実験をしたのは、実際に自分の目で確かめたかったからだ。あと、〝もしかしたら大きさが関係しているのではないか？〟と思いサイズ違いの魔術陣をいくつか用意してみたが、関係はなかったらしい。

ミーシャが〝疲れたぁ～〟と言ったことで、特に何の収穫もないまま、魔術陣実験初日は終了した。

今日は所謂日曜日で、学校がお休みの日だ。

だから、ミーシャと遊んであげる約束をしていたのだが、文句も言わず俺に付き合ってくれたことにお礼を言ってから、本日の働きを労《ねぎら》ってたっぷりと褒めてあげた。

子どもは褒めて伸ばすもの、と前世で何かの本だったかテレビだったかで見たような気もするしな……
日も傾いて来たので、今日はこの場で解散となった。

色々と思考実験を繰り返し、考えがまとまったところで実験第二回目と相成《あいな》りました。勿論、今日もまた学校がお休みの日です。

更に数日後……

はい、では本日の実験テーマですが、〝魔術陣は正常に機能しているのだろうか？〟となります。今回の実験では、前回の〝魔術陣を起動させる方法〟を考えるのは一度止めて、まったく別の視点から再考察していきたいと思っております。前提条件は〝そもそも魔術陣は機能していない〟と、仮定しました。〝では、なぜ機能していないのか？〟ということをこれから調べていきたいと思います。

てな訳で、俺が考えた仮説ではこうだ。

まず、魔術陣にマナを流すことで魔術が発現するということは、当たり前だが、魔術陣を描くのに使われている文字のようなモノや、図形のようなモノにマナが流れ伝わっていくことで、最終的に魔術が発現するのではないか。あくまで仮説だ。根拠なんてない。どうして、魔術陣から魔術が発現するのか、そんなことは知らん。だが、この考えに至った時、俺は閃《ひらめ》いた。これって電気回路じゃね？　と……

電池がある↓モーターがある↓銅線で繋ぐ↓回る。

銅線が切れる↓モーター止まる。

これと同じようなことが、この魔術陣の中で起きているのではないか。簡単に言ってしまえば、この魔術陣のどこかが断線していて、マナがうまく循環していないことが魔術陣の機能不全の原因ではないか？　そう考えたのだ。

と、いう訳で本日もミーシャ助手を連れて実験です。

勿論、本当は遊ぶ約束だったのだが、無理を言って俺に付き合ってもらっている。そして、今回は小道具を一つ用意しました。

てってれてってってー!!　魔共晶ぉ～。

入学初日にお世話になったあれだ。そして、俺を非情な現実に突き落とした張本人（？）でもある。

神父様に事情を話したら、〝あまり危険なことはするな〟という注意はあったが、あっさりと貸してくれた。

大体コイツは年に一度か二度しか出番がないので、一年の殆《ほとん》どは倉庫の中だと言っていたっけ。

では、この魔共晶をどう使うかと言いますと……

俺は、一番大きな魔術陣のあちこちに魔共晶を置いていった。

全部で八個。

その全てを、魔術陣を形成している線の上に置いて回る。

テスターという機械がある。電流や電圧を計測したり、導通（電気的に繋がっていること）を確認するための装置だ。いわばマナテスターとして、このマナに反応する魔共晶でマナの流れをチェックしようというのだ。

俺はミーシャに頼んで、魔術陣へマナを流してもらった。そして……数秒後……

「ビンゴオオォォォォォォ！！！」

ビクンッ!!

突然の俺の大声に、ミーシャが文字通り跳ね上がっていた。ごめんよ、驚かしちまって……

俺を不安げに見上げるミーシャの頭を一撫でして、再度魔術陣へと視線を向けた。

八個中三個。

それが、光らなかった魔共晶の数だった。やはり、この魔術陣はどこか魔術的に断線しているのだ。

その後、魔共晶の場所を変え、同じ実験を数度繰り返した。同様の実験を、残り二つの魔術陣にも行った。

全て光らなかったり、逆に全て光ったり……

結果はその時その時で全然違っていた。驚いたのは、魔術陣二号に至ってはどこに魔共晶を置いても一切光らなかったことだ……

俺は光らなかった場所・光った場所を、赤本の空いているページにメモしていった。それだけではなく、得られた結果も事細かく赤本に書き込んでいった。ちなみにだが、今使っているペンは神父様から頂いたものだ。この世界では、紙とペンは非常に高価な品なので、実に有難い。

魔術陣実験二回目にして、早くも魔術陣の問題点を見つけることが出来たのは僥倖《ぎょうこう》と言っていいだろう。今日の実験は、実に有意義であった。

なので、今回は早めに切り上げて約束通りミーシャと遊ぶことにした。取りあえず考えるのは後回しにしていい。

ここのところ、学校やら家の手伝いやら赤本やらでまともに相手をしてあげられなかったので、今日はミーシャの好きなことをして遊ぶ。という訳で遊びの内容は〝おママゴト〟になりました。

前回……といっても随分前だが、一緒にママゴトをした時は、ミーシャが奥さんで俺が旦那さんの役をやったっけ。今回は何の役をやらされることか……

犬とか猫じゃなきゃいいが……と、思ったら赤ちゃん役でした。

おおぉぉ……転生して以来の赤ちゃんプレイ再び……って、あの時はマジもんの赤ん坊だったんだけどな。まぁ、ミーシャ自身が望んだことであるのだから仕方がない。

では、早速……

うわぁ～ん！　お腹空いたバブ～！　ぼくちんミーシャママのおっぱいにしゃぶりつ……げふふんっ、ミーシャママのおっぱいが飲みたいバブ～！

……断っておくが、法やら条例に抵触するようなことはしてないからな？　ホントダヨ？

第一俺は、ロリに母性など求めていないしな。まぁ、赤ん坊であることを利用して（設定的な意味で）ミーシャの体をペタペタ弄《まさぐ》ってぷに肌を堪能したのは秘密の話だ。

で、一頻《ひとしき》り遊んだ後、日も暮れてきたのでこの日は解散。俺もミーシャも家に帰った。それから俺は、オカンの手伝いをして夕食、その後妹たちの世話を済ませ、就寝前に得られたデータの考察をした。


あーでもない、こーでもないと思考実験を繰り返すこと数日……

俺は遂に、ある一つの事実に気がついた。

それは〝魔術陣は最低でも二つ以上のパーツによって構成されている〟ということだった。図形が複雑に入り組んで描かれていたため、気づくのに時間が掛かってしまった。

どういうことかというと、魔術陣を図形的に捉えた時、線分が接触しているものを一つのパーツとして考えると、魔術陣を最低でも二つ以上のパーツに分解することが出来る。つまりこれは、魔術陣は一本の線によって繋がっている訳ではないことを意味している。

手始めに、俺が用意した三種類の魔術陣をそれぞれ一号・二号・三号として、それぞれを構成しているパーツ毎に分解してみると、結果は二個・三個・二個となった。魔共晶が反応したのは、魔術陣一号と三号。共に構成パーツ数二の魔術陣だ。

更に、先日ミーシャと行った実験の結果と照らし合わせると、この二つのパーツのうち、片方のパーツのみが魔共晶に反応……つまり、マナが流れていたことが示された。ここで、光った方のパーツをAパーツ、そして光ってない方をBパーツと仮称することにした。

つまり、このAパーツを構成する線分の上に置かれた魔共晶だけが光っていた、ということなのだ。しかも、この一号と三号のAパーツの形状は非常によく似ていた。たぶん、何かしらの意味があることは間違いないが、現段階では不明だ。

魔術陣二号に関しては、現在では取っ掛かりすらないので、取りあえず保留することにした。今後の実験はこの一号と三号を中心に行っていくことになるだろう。

電気回路的に考えれば、断線している部分を繋ぎ合わせたら動きそうな気がするが、そもそも、どことどこを繋げはいいのか皆目検討もつかない状態だ。そのあたりは次の実験の時にでも、試してみることにしよう。

九話　三度目と四度目の休み

本日、学校が始まってから三度目のお休みである。と、いう訳で三度目の魔術陣の実験を行おうと思っていたが、色々と不都合が重なりお流れになってしまった。

理由は二つ。

一つ目はここ数日、次の実験の内容を考えていたのだが、具体的な実験案が思い浮かばなかったこと。

一号と三号をどうにかすればいいのだろうが、どうすればいいのか分からんのだ……

そして、二つ目はミーシャが体調不良で熱を出してしまったためだ。最初は、こんな実験に付き合わせた所為で体調を崩したのではないかと思ったのだが、どうやら違うようだ。このくらいの歳の子は、割りと頻繁に熱を出すものらしい……

学校も始まり、生活環境の変化に体が疲れてしまったのではないか？　とミーシャの両親が言っていた。俺が子どもの頃は、って前世での話だが、そんなに頻繁に熱を出して寝込んだことがあっただろうか？　あまり覚えがない。バカだったから、自分の体調不良に気づくことなく遊び続けていた、という可能性は否定出来ないがな。

なんにせよ、いつもの待ち合わせの場所に、顔を真っ赤にしたミーシャがフラフラした足取りで現れた時には流石にビビッた。

おでことおでこをごっつんこ方式で検温したところ、〝ぷしゅ～〟と擬音が聞こえそうな高熱だったため、即刻連れ帰った。

ミーシャを家まで送ると、丁度玄関前でハインツ夫妻とばったり出くわした。連行したミーシャをハインツ夫妻に突きつけると、いつの間に脱走したのかと非常に驚いていた。

ミーシャの母親、ノーラおばさん。おばさんといってもまだ二〇代だ。ホント、この村の住人はどうかしてるぜ、って話はともかく、ノーラおばさんから話を聞く限りでは、朝からミーシャの様子がおかしいことに気づき今日の外出を禁止。大人しく寝ているように言っておいたらしいのだが、気づいた時にはベッドはもぬけの殻《から》だったという。

慌てて探しに行こうとしたところで、俺がミーシャを連れ帰ってきた、という訳だ。

ホント……たまにこの子はアクティブなことをする。

そこまで俺と一緒に遊びたいと思ってくれたことは、素直にうれしく思うが、体は大事にして欲しいものである。その後、俺はミーシャにきつめにお説教をすると、お見舞い……というのも変だが、少しだけ一緒に過ごしてさっさとハインツ家からお暇《いとま》した。

ちなみにだが……

ミーシャが熱を出して俺とは遊べなくなった、ということをグライブがメッセンジャーとして俺たちの待ち合わせ場所に向かったそうだが、結局出くわすことはなかった。どこかで入れ違いにでもなったのだろう。まぁ、奴のことなどどうでもいいがな。

と、いう訳で本日の魔術陣実験はお流れとなり、俺は午前中を家で妹たちの相手をして過ごすことにした。

そして、午後……

午前中に妹たちの体力の残量をゼロにしておいたため、昼食を食べた彼女たちは今やすっかり夢の中である。

俺は自室に戻ると、赤本を開いて読み始めた。既に何度も読んだが、特にすることもないからな。

それに、読めば読む程味が出る……そんなスルメのような本なので何度読んでも飽きないのだ。

しかし……

こういう時、マナを制御する力……というか、才能？　がないのは本当に不便だと思う。ミーシャを道具のように言うのは嫌だが、あの力が俺にもあれば実験はもっとスムーズに進むのだが……

いやいや、そもそもあの力があればこんな魔術陣の研究・実験など初めからする必要性がない。

だって、俺は魔術が使えないから、魔術陣の研究をしている訳であって……

………

その考えに至った時、とてつもない違和感が俺の全身を駆け巡った……

そうだ……俺は魔術が扱えない……だからこそ、魔術陣のことを調べている。何故、魔術が扱えないのかといえば、魔術の力の根幹であるマナを制御することが出来ないからだ。それは、この本を記したエーベンハルト氏も同じはずだ。

じゃあ、エーベンハルト氏はどうやって魔術陣を起動させていたのだろうか？

これまではあくまで魔術陣は完成しているとして、正常に機能することを大前提に考えていた。しかし仮に完成していなかったとして、彼はどうやって完成した魔術陣を起動させるつもりだったのだろうか？

赤本には〝魔術陣にマナを供給する〟と簡単に書かれていた。俺にはミーシャという協力者がいる……

神父様は魔術師だから、自分でマナの供給が出来た。それでは、エーベンハルト氏は？

人嫌いだというエーベンハルト氏に、魔術陣にマナの供給をしてくれるような協力者がいたのだろうか？　いや、この違和感の本質はそこじゃないな……

そもそも、魔術陣は魔術が使えないエーベンハルト氏が自分で魔術を扱うために作ったもののはずだ。だったらそこに普通の魔術師の協力が必要であるならば、本末転倒ではないか。

魔術が使えないエーベンハルト氏が、誰の力も借りずに魔術を扱うことにこそ意味があるのだ。大体、普通に魔術を扱える者がわざわざ、魔術陣なんてしち面倒臭いものを持ち出して魔術を使う意味がない。

となれば……あるはずだ。

魔術を使えない……マナを制御することが出来ない人間でも、この魔術陣を起動させることが出来る方法が必ずあるはずだ。今後の実験と考察の方向性は、これで決まった。

俺はそれを見つけるために、手始めに赤本を再度隅から隅まで読み返し、そして赤本に載っている全ての魔術陣をパーツ単位で分解していくことにしたのだった。


魔術陣を分解していて分かったことがあった。

それはページの構成だ。魔術陣は必ず見開き二ページを使って描かれていて、右左どちらかに一つだけ、というのは一つもなかった。そして、手始めに分解した一号から三号までのパーツ構成数は各二、三、二個。

それ以降は三・二・三・二・四・二・四・二……と続いて行った。

ただの偶然の可能性も否定出来ないのだが、見開き左ページは必ずパーツ構成数二の魔術陣――

これは、あの光るパーツAがある方だ――が、そして右ページはパーツ構成数三以上の魔術陣が描かれていた。しかも、ページが後半に行くにつれて右ページの魔術陣のパーツ構成数は次第に増えていった。

更に言えば、左のページの魔術陣に共通するパーツAのようなものが、右のページの魔術陣にもあることが判明した。俺はこのパーツを、パーツａと仮称することにした。共通項の発見は、大きな収穫だ。

このまま一気に解析が進めば、この魔術陣の秘密を解き明かし使用出来るようになる日はそう遠くないのかもしれないなっ！

と、意気込んでいた時期が私にもありました……あれから数日が経ったが、今回の休みも魔術陣の実験はお流れとなってしまった。理由はといえば……

俺は、リビングの窓から外の様子を窺った。

サーーーー……

外は生憎《あいにく》の雨模様。文字通り水に流れてしまったという訳だ。ってか、放置状態になっている魔術陣がこの雨で消えてしまわないかちょっと心配だ。

「ひーっまーっ！」

「ひぃ〜まぁ〜！」

しかも今週中ずっとこんな天気だったため、外に遊びに行くことも出来なかった妹たちはチョーご機嫌ナナメなのである。この世界では、インドア系の遊びというのは殆どないからなぁ……

基本、外でハッスルする方が好きな妹たちだ。家の中に缶詰《かんづめ》にされて鬱憤《うっぷん》が溜まっていらっしゃる様子……

今朝からずっと、俺にしがみついては〝暇だ暇だ〟と鳴いていた。それは正午を過ぎた今になっても続いてる。試しに、テキトーな作り話を聞かせてみたが、あれは寝る前に聞かせるものであって、エネルギーゲインが通常の五倍以上の今の状態では、何の効力も生み出すことはなかった。チイッ、ウチのチビどもはバケモノか⁉

と、いう訳でこんな日のために俺は密かに秘密兵器を用意していたのであった！

密かに用意した兵器だから〝秘密兵器〟であって、〝密かに秘密兵器を用意する〟って意味の重複なのだろうか？　まぁ、いいか……

俺は、体にひっつき虫よろしくへばりついているレティとアーリーを引きずって自分の部屋へと戻ったのだ。そして愛用のカバンからごそごそとお目当ての物を探していると……

「ロディ〜く〜ん！」

「ローディーフィスー！」

玄関の方から誰かが俺を呼ぶ声がした。誰か……ではないな。ミーシャとタニアだ。ミーシャが家に来ることは珍しくもないが、タニアまでというのは珍しい。ウチのチビたち同様、じっとしているのが苦手なヤツだからな……耐えられなくなって取りあえず、俺の所にでも逃げてきたのだろう。

俺は秘密兵器をそのままに、玄関まで二人を迎えに行くことにした。勿論、二匹のひっつき虫を貼り付けたままな。

勝手知ったるなんとやら……俺が迎え入れる前に、二人は既に玄関を開けて入って来ていた。すぐに家の奥から、厚手の布を持ったオカンがやって来ると、着ていた合羽《かっぱ》を脱がせて、若干湿っている二人をゴシゴシと拭く。雨具といえば雨傘より合羽《かっぱ》の方が一般的なのだ。

俺は、処理の終わった二人を連れて自室へと案内した。勿論、二匹のひっつき虫は貼り付けたままで、だ。

何が楽しいのか、レティとアーリーはきゃいきゃい言いながら俺にしがみ付き、自分の足で歩こうとはしなかった。正直、ちょっと重い……

そして、それをミーシャとタニアは何故か羨ましそうな目でじっと見ていた。お前らはやるなよ？　動けなくなるから……

そんなこんなで、今日はミーシャ・タニア・レティ・アーリー、そして俺の五人で遊ぶことになった。

ウチの妹たちは、ミーシャとは勿論だが、タニアとはより相性がいいようだ。

まぁ、この三人は暴れるのが大好きだからなぁ……何か通じ合うものでもあるのだろう。

俺は、カバンから例の秘密兵器を取り出すと、ベッドの上で車座に座っている四人の前に放り出した。

俺の部屋のベッドはキングサイズ並みにでかいので、子ども程度なら五人くらい普通に一緒に寝られるのだ。大きくなっても使えるように……ということらしいが、大きくなっても妹と一緒に寝ろということか？　とーちゃんよ……

で、俺が放り投げたモノというのが、賽《さい》の目《め》状に線の入った一枚の木板と、表裏を白と黒に色分けされた丸いコマのセット……そうっ！　彼《か》の有名なボードゲーム、リバーシであるっ！

こんなこともあろうかと、空いた時間でちまちま作っていたのだ。他にも簡単に作れそうな物としては、碁《ご》なんかも思い浮かんだが、碁はそもそもルールを知らんからなぁ。

「これなにー？」

皆がほけーっとリバーシを眺めている中、真っ先に食いついたのは思った通りアーリーだった。

アーリーはとにかく目新しいものにはなんでも興味を持つ習性があるからな。

「これはリバーシというおもちゃだっ！」

俺はリバーシがどんなゲームであるのかを説明した。

同じ色で挟む↓ひっくり返って色が変わる↓最後に色の多い方が勝ち！　以上！

手始めに俺がミーシャと対局して見せることにした。結果は……言わずもがな、俺の圧勝だ。

ずぶのトーシロ……しかも子ども相手にフルボッコとか、少々大人気《おとなげ》なかった気もするが、勝負の世界とは非情なものなのである。

説明だけでは要領を得なかったのか、実際に遊ぶ姿を見ていた残りのメンツのやる気がこれで一気に高まった。ルールを覚えたところで、早速対局開始だ。

初戦はどうやら、レティVSアーリーのようだ。たぶんその後、ミーシャVSタニアと続くのだろう。

どうやら、リバーシは彼女たちに受け入れられたようだ。喜んでもらえて、えがったえがった。

もし、受け入れてもらえずそっぽを向かれていたら、俺の苦労はなんだったんだって話になってしまうからな。

俺はしばらく、そんな彼女たちの様子を微笑ましい気持ちで眺めていた。幼女四人が、きゃいきゃい言いながら戯《たわむ》れている姿を見るのは心が和むなぁ～。

レティVSアーリーは僅差でアーリーの勝ちだった。やはり、頭を使うことに関してはレティよりアーリーの方が得意らしい。悔し泣きするレティを慰めるため頭を撫でて、勝ったアーリーはすごいねと頭を撫でた。

次はミーシャVSタニアだったが、ミーシャは実質二戦目となるので要領を掴んだらしく圧勝していた。基本、何をしてもタニアに勝てないミーシャは、ここぞとばかりに踏《ふ》ん反《ぞ》り返っていたのが少しおかしかった。

その後、俺にも交ざるようにお誘いが掛かったが〝貴様らのような弱者では相手にならんっ！その中で最強の者の相手をしてやろうっ！〟と断った。こうして、俺との勝負を掛けた〝第一回マクガレオス杯リバーシ統一王者決定戦〟の火蓋が切られたのだった。


幼女たちが死闘を繰り広げている中、俺はベッドの縁の方に移り、その光景を横目に読書に邁進していた。勿論、読んでいるのは赤本だ。

前の休み以降、色々と考えてはいるのだが、中々どうして芳《かんば》しい結果は出ていない。魔術陣を分解して新たな発見こそあったものの、それ以降の進展がなかった。

読み飛ばした所はないか？　実は縦読みに何か意味が？　何か暗号的な表現は……と、視点を変え、また実際に本を回してみたりもしたが、全て空振りに終わっていた。どこかにヒントくらい書いておいてくださいよぉ～エーベンハルトさんよぉ～。

そうして読み進めていくと、捲ろうとした次のページに違和感があった。他のページより厚いのだ。今までこんなページはなかったはずだが……

よくよく見ると、どうやらページとページが張り付いてしまってるようだった。ここのところの長雨で、インクがふやけて糊《のり》のようになり、ページが張り付いてしまったのかもしれない。

あちゃー……しかもよりによって、張り付いてしまったのは魔術陣の書かれているページじゃないか……

魔術陣は繊細にして緻密に描かれているため、インク移りなんてしたら元の形状が分からなくなる……

いや、それ以前にこの本を汚してしまっては、大切に保管していた神父様に申し訳が立たない。

とにかく、俺は被害が最小であることを願って、ページの分離作業に取り掛かった。

湿気を吸って紙自体も結構強度が落ちているようなので、無理に力任せに引っぺがしたらページそのものが破れかねない……

俺は慎重に慎重に、ページをゆっくりと開いていった。乾燥前だったのが幸いして、時間は掛かったがページの分離作業は成功した。成功はしたが……俺の願いも空しく完璧にインクが移っていた。

左のページの魔術陣の上に、右のページの魔術陣がものの見事に重なってしまっていたのだ。状態から察するに、スタンプの要領で右のページの滲んだインクが滲んで左のページに移ったようだ。

ごめんよ神父様……

とりあえず残りのページに被害がないかをざっくりと調べたが、特に異常は見られなかった。一ページだけで済んだのが、不幸中の幸いというところか。

このまま閉じてしまっては、また張り付いてしまうので、適当な重しを用意して本の両端を押さえた状態でベッドの上に置いた。これで勝手に閉じることはないだろう。しかし、これではとても読むどころの話ではないな。

俺は一旦読書を中断すると、幼女たちのリバーシ大会の様子を見に行くことにした。さてさて、誰が勝ち上がってきたかなっと……

そんなことを考えながら幼女たちの方へ向かおうとした時――

ドスンッ！

「……にーちゃ……勝った……」

そんなアーリーの言葉と共に、体の左側から軽い衝撃が襲ってきた。たぶん……いや、間違いなくアーリーが飛びついてきたのだろう。

不意打ちに近い形のタックルの所為で、俺は成す術《すべ》もなく倒れそうになり、とっさに体勢を維持するために手をベッドへと突いて……

ドクンッ！

「うっ、うわぁっ‼」

「にょわーっ！」

今、一瞬手がヌルっとしたような感じがした……

俺は驚きのあまり、慌てて支えにしていた手を退《ど》けてしまった。退けてしまえば、支えのなくなった体はバランスを維持出来なくなり、アーリー共々ベッドへと倒れ込む。

「……？　どーたの、にーちゃ？」

「……？」

すぐ目の前に、不思議そうな顔で俺のことを覗き込んでいるアーリーが見えた。そして、自分の右手をまじまじと見ると、そこには薄《うっす》らとインクが擦れた跡が残っていた。どうやら、俺は乾燥待ちの赤本の上に手を突いてしまったらしい……

では、あの〝ヌルッ〟とした感覚は、インクに手を突いてしまった感覚だったのだろうか……？

いや……違うな……

そんな単純な感覚ではなかった。ヌルッというか、こう……ズルッというか……

手を通して、俺の中の何かが抜けていくような感じがしたのだ。俺はゆっくりと起き上がると、赤本へと目を向けた。

「？　にーちゃ……？」

俺が手を突いたのは、どうやら左のページの……あの二つの魔術陣が重なり合った魔術陣の上のようだった。そこには確かに、何かが擦れたような跡が残っていた。俺は恐る恐る、左のページの魔術陣にそっと手を伸ばす……

「………」

ピトッと指先を魔術陣の中央へとつける……が、何も起きない？

あのヌルッというか、ズルッとした感じがまったくしないのだ。俺の気のせいだったのか？　いや、そんな訳はない。あの感覚が気のせいだったとは、とても思えないのだ。

もしかして……あの一瞬だけ魔術陣が起動していた？　なんでだ？　いや、考えられる理由なんて一つしかないか……

俺は、手元の赤本を……というか、一つに合体した魔術陣を凝視していた。魔術陣の合成……

確かに、その発想はなかったように思う。赤本に記されている魔術陣一つ一つ、単体では何の力もない。しかし……たぶんだが、魔術陣は見開きページの二つを一つとして描くことで、本来の力を出すのではないか？

そんな考えが俺の頭を過《よぎ》った。じゃあ、今は何で止まっているのだろうか？

そう思い、俺は再度魔術陣をまじまじと観察した。消えている……というか、掠《かす》れていた。

俺が手を滑らせた所為で、魔術陣の所々でインクが擦れて本来あった線や図形などが滲んでしまっていたのだ。手を突いた瞬間は、魔術陣の形状はまだはっきりとしていた。だから、起動した。

しかし、俺が滑らせてしまった所為で魔術陣の回路が破壊された……だから止まった……

つまり今のこの魔術陣は、回路が欠損して機能を失ってしまった状態になっている……ということだろうか？

「にーちゃ？　……だいじょぶ？」

赤本を手にしたまま動かない俺を心配したのか、アーリーが俺にしがみ付いたまま顔を覗き込んできていた。気がつけば、他の面々もどこか心配そうというか、不安げな顔で俺のことを見ていた。

「……大丈夫だよ？　アーリーが急に飛びついてきたから、兄ちゃんちょっとビックリしちゃったよ」

取りあえず、考えるのは後でいいだろう。俺は何事もなかったような顔で、アーリーの頭を一撫でするると、手にしていた本を少し離れた机の上に置いた。これは勿論、赤本を彼女たちから遠ざけるためだ。

今の赤本は何が起こるか検討もつかない。下手に触れて、魔術でも発動しようものなら目も当てられない。再度、ページが張り付いてしまわないよう、ページは開いたまま重しを載せて、勝手に閉じないように細工を施した。

赤本は出来る限り机の奥の方へと押し込んでおく。これで、俺たちくらいの身長では、そうそう簡単に赤本に手が届くことはないだろう。その作業が終わると、俺は何気ない感じでリバーシ大会がどうなったのかを皆に聞いた。結果は、アーリーの優勝だったようだ。

〝勝った〟とは〝優勝した〟ってことだったんだな……言葉が足りないぞ妹よ。

てなことで、宣言通り俺VSアーリーの対局となった訳だが……ボロ負けしました。

こっ、こんなちっちゃい子に本気とか？　ちょ、ちょっと大人気ないかなぁ～って思って？　妹に華《はな》を持たせるのも兄貴の務めかなぁ～、みたいな？

………

……

…

言い訳をっ！　言い訳をさせてくださいっ！

対局前の出来事が頭から離れず、あれやこれやと考えていたら要所要所でポカを連発した結果、終盤で大逆転されるっていうね……

こうして、〝第一回マクガレオス杯リバーシ統一王者決定戦〟は優勝者をアーリーとして幕を閉じたのだった。

まぁ、結果的に皆が楽しんでくれたのなら何よりだ。俺たちはその後もしばらくリバーシをして過ごした。ミーシャたちが帰る頃にはすっかり雨も上がっており、眩しい西日が差していた。

これなら、次の休みは魔術陣の実験が出来そうだな。

俺の中ではもう、次の実験の方向性は決定した。

後は実験に向けて、準備を進めるだけだった。

一〇話　合成魔術陣

ゴリゴリゴリゴリゴリゴリゴリ……

と、俺は朝も早くから魔術陣をせっせせっせと掘っていた。サイズは前の実験で使用した魔術陣の大のサイズと同じ、直径三メートルくらいのものだ。大のサイズを選んだのは、単純に図形が複雑化したため描きやすいように大きめの物を描くことを選んだだけで、他意はない。

今日は五度目の休みで、しかも早朝だ。太陽が出たばかりの時間帯では、流石に人の姿はまだ見えない。勿論ミーシャだって連れて来てはいない。

今日は一人だ。何故こんな時間から一人で作業をしているかと言えば、今日の実験は少々危険なものになるかもしれなかったからだ。人目は少ないに越したことはない。

そんな所に、ミーシャを連れて来る訳にはいかなかった。当然だが、ミーシャだけでなく近くを通りかかった村人だって巻き込む訳にはいかない。

だから、今俺がいるのは、いつもの広場ではない。村から少し離れた、人が滅多に近づかない雑木林の中。そこのちょっとした空き地で一から魔術陣を書いている真っ最中だった。


〝二つの魔術陣の合成〟。その可能性に気づいた時から、俺は様々なことを考えた。

学校がある平日は、基本出来ることは少ないので、専《もっぱ》ら思考実験に明け暮れていた。

そして、いくつかの仮説を立てた。

まず俺が考えたのは、〝マナを扱えない者が、どうやって魔術陣を起動するのか？〟という問題点だった。

俺もエーベンハルト氏もマナの制御が出来ない。だが、マナそのものは全ての生物に宿っている、というのがエーベンハルト氏が提唱した理論だ。

ならばこう考えることは出来ないだろうか？

俺が、そしてエーベンハルト氏が、魔術陣にマナを送り込むのではなく、魔術陣自体が俺からマナを吸収する、そういうシステムが魔術陣には組み込まれているのではないか……と。

つまり、あの時……赤本の魔術陣に触れた時、ヌルッというかズルッとした感覚は、俺の中からマナが抜け出す感覚だったのではないだろうか？　これが、一つ目の仮説だ。

次に、〝何故、魔術陣は分割されていたのか？〟だが、これにはたぶん二つの意図があるのだと思う。

一つは、〝安全措置として〟だ。考えてみて欲しい。仮に俺の〝仮説一〟が正しかったとしたら、魔術陣とはどんな存在になるのだろうか？

少し触れただけでマナを吸収され魔術が暴発する……

これでは、いつ爆発するか分からない爆弾のようなものではないか。何かの拍子に暴発でもしたら……危険過ぎて近くに置いておけんわこんなもの。

で、もう一つが〝悪用を防ぐため〟ではないか、と俺は思っている。赤本を最初に見つけたのが神父様だったから良かったものの、もしこれが悪人の手に渡っていたら……それも完成形態で記されていたらどうなっただろうか？　ぱっと思いつくだけでも、碌《ろく》なものがない。

エーベンハルト氏は人嫌いだったが、だからといって無関係な誰かを傷つけたいと考えていた訳でもないだろうしな。

あと、これは仮説とは関係ないが気になった点が一つ。やはり、研究資料の不自然なまでの少なさが目についた……

神父様は、この本以外の資料はないと言っていたが、今描いている魔術陣一つ取っても、ぱっとした思いつきで作れるものではない。長い研究や実験の果ての産物のはずだ。途中経過を記した資料が一切ないのは、やはり気持ちが悪い程不自然だった。

これは、ただの俺の想像に過ぎないのだが、もしかしたら研究資料はどこかに隠されているのではないだろうか？　もしくは誰かに譲渡されているか……

何から隠すためなのかは、よく分からないが……まぁ、これはあくまで想像だしな、火事やら何やらで消失してしまっている可能性だってある。

とにかく、もしその研究資料が発見されれば、魔術陣の構造をより深く理解出来るようになるのは間違いないだろう。

そんなことを考えながらゴリゴリすること約一時間……

ようやく魔術陣・完成形（仮）の製作が完了した。描いたのは、あの時手を突いた魔術陣だ。

俺は魔術陣を描くのに使っていた棒きれをポイッと捨てると、額から流れる汗を軽く拭った。

ふーっ、と一息つくと魔術陣の前に膝を突く。正直、魔術陣に触れないように、中心から外に向かって描くのは結構大変だった。どこで発動条件を満たすのか分かったものじゃないからな。

さて、鬼が出るか蛇《じゃ》が出るか……

バンッ！

俺は勢いを付けて、両手を魔術陣へと叩き付けた。その瞬間……

ドクンッ!!

来たっ!!

両手に、あのヌルリと何かが抜けていくような奇妙な感じが伝わってきた。前回はこの感覚に驚いて、すぐに手を離してしまったが、今回は魔術が発動するまでは我慢だ。

ドクンッ！　ドクンッ！　と、脈打つように魔術陣は俺からマナをずんずん吸い上げていった。

一度脈打つ度に、俺の体から力……というか、体力？　……少し違うな。一番しっくり来る言葉は……抽象的だが〝元気〟だろうか？

とにかくその〝元気〟のようなものがごっそり持っていかれるのを実感した。コレって吸われ続けるとヤバァイんじゃなかろうか？

エーベンハルト氏も〝マナとは生命力〟とか言っていたしな……本気でヤバそうになったらさっさと手を離してしまおう。そうしよう。

そうしてしばらく魔術陣に手を置いていたのだが……これといった変化は中々現れない。相変わらず魔術陣はずぎゅんずぎゅんとマナを吸ってはいるのだが……

やはり神父様が言っていたように、魔術陣魔術など欠陥品で夢物語だったのだろうか？　それとも俺が描いた魔術陣が、ただの欠陥品だっただけなのか？

一度中断しようかと思い、手を魔術陣から離そうとした時――

チカチカッ……

一瞬目の前で、何かがスパークしたように閃光が走った。そして……

ズゴゴゴオオオォォォォォ！！！

「っ⁉」

気づけば俺は吹っ飛ばされていた。

「へっ？　ばぁ‼　ぶっ！　げはっ！」

木の葉のように空中で揉みくちゃにされ、地面に落ちてからもゴロゴロと強風に煽られ転がされ、最後に木の幹に背中を強打してやっと止まった。

「げほっげほっ」

背中を打った所為で、肺の中の空気が強制的に全て吐き出されてしまい、空っぽになってしまった。お陰で酷く息苦しい。

「なっ、なんだよ……これ」

俺の視界に映ったのは、パニック映画なんかでよくお目に掛かるあのアホみたいにでかい竜巻だった。どれくらいでかいかって言うと、見上げても先端が見えないくらいでかい。

この雑木林に生えている木だって一〇メートルを下回るものはないっていうのに、目の前の竜巻はそれの何倍も高いのだ。

俺はあの竜巻が起こした……それこそ、質量すら感じそうな突風に吹き飛ばされたのだと、遅ればせながらに理解した。俺はただ木に背中を預けて、その竜巻を見上げることしか出来なかった。

何故かって？　んなもん動けないからに決まってるだるぅぉ！

今現在、俺は竜巻が生み出す凄まじい強風に煽られ続けていた。その風速たるや、大型台風の生中継が微風《そよかぜ》に思える程の強風だ。今少しでも動けば、どこに転がされるか分かったものではない。ただでさえ体重の軽い子どもの体なのだ、転がるどころか下手すりゃ飛ぶぞ？

背中を預けているこの木だけが、今の俺の生命線だった……


竜巻は殊《こと》の外《ほか》あっさり消滅した。時間にしたら……三〇秒くらいだろうか？

その原因もすぐに分かった。魔術陣が消えていたのだ。

竜巻が生み出す圧倒的な強風によって、地面に描かれていた魔術陣はものの見事に綺麗さっぱり消えていた。

……ぉぉぉ、俺の一時間が三〇秒で消えた。と、ショッキングなこともあったが、今回の実験は大成功といっても過言ではない結果を出すことが出来た。

これで、魔術陣合成説が実証され、それと同時に、エーベンハルト氏が実は魔術陣魔術を完成さ

せいてたことが証明されたのだ。

良かったな神父様……あんたの師匠はちゃんと魔術陣を完成させていたよ。夢物語なんかじゃなかったぜ。神父様には後でこのことをちゃんと話してあげよう。きっと喜ぶだろう。


引き続き、次のページの魔術陣の実験に移るため、新しく魔術陣を描こうと棒きれを手にした時、俺は自分の体に異変を感じた。

まず、手に力が入らないのだ。棒を持つ手がプルプルと震え、とても魔術陣を描ける状態ではなかった。しかもそれは次第に、腰、足へと伝播《でんぱ》していき、竜巻消失から五分もしないうちに俺は地面に倒れて動けなくなってしまった。

これはあれか？　急激にマナを消費したことの副作用的なものだろうか？

幸いにも意識ははっきりとしているので、倒れると言っても〝寝転がっている〟状態に近いので特に慌てる必要もないだろう。

そんな状態のまま二時間程転がっていたら、ようやく動けるまでに回復した。そして、同時に驚く程の空腹感を覚えた。

なるほど、マナを消耗すると腹が減るようだ。不足したマナを生成するために、体がエネルギー――この場合はカロリーだろうか？――を大量に消費するのかもしれない、と簡単な仮説を立ててみた。

俺はずりずりと地面を這いずって、愛用のカバンからお昼用にと自分で作ったサンドウィッチを取り出した。

強風に吹っ飛ばされたのは俺だけではなく、カバンも同様だったようで、結構遠くまで移動させられてしまっていた。次の実験からは、木に括《くく》り付けて置くことにしよう。


サンドウィチを平らげ、一休みしても、日はまだ低い。

時間にしたら午前九時から一〇時といったところか？

俺は体の各所をチェックして異常がないのを確認すると、第二の魔術陣の製作に取り掛かった。

結果だけを言えば、この魔術陣に見ため的な変化は一切現れなかった。竜巻魔術陣と同じくらいマナを吸い上げられたのに、だ。

そして案の定、竜巻魔術陣を発動した時同様にマナ失調——栄養失調のマナ版。今、俺が考えました——でパタリと倒れてしまった。

で、二時間後……

一体この魔術陣はなんだったのか？　エーベンハルト氏の失敗作か？　それとも見開きの魔術陣の合成だけではダメなのか？　他に何か必要なのだろうか？　もしかして、今度こそ俺の書き損じか？

　などなど、そんな疑問を抱きながら、描いた魔術陣をしぶしぶ踏み消そうとした時、この魔術陣の効果が判明した。

　魔術陣は消えなかった。いや、正確には消せなかった。

　ただの砂地の地面に描いただけの魔術陣が、まったく消すことが出来なかったのだ。消せないというか、地面が硬くて描いた魔術陣を崩せなくなってしまっていたのだ。

　この魔術陣の効果は、硬化だったのであるっ‼

　どじゃーん！　激ウマギャグ！

　……まぁ、それは置いておいて。ってか、俺がぶっ倒れていた二時間ずっと効果を発揮したままって、随分と持続力高いな、おい。

　試しに、魔術陣を描くのに使っていた棒きれで魔術陣をゴリゴリ擦ってみたのだが、棒きれはぽっきりと折れてしまった。たぶん、今ここの地面はコンクリやアスファルトより硬くなっているんじゃないか？

　ちなみに効果範囲は魔術陣の中だけに留まらず、直線距離で一〇メートルくらい離れた所にまで及んでいた。

　検証の方法は至って簡単。効果範囲外と思われる所から、魔術陣に向かって棒で地面を引っかいて進むだけだ。跡が残らなくなった所からが、効果範囲だと思っていいだろう。

それを四方から行った結果、大体同じくらいの距離から効果範囲に入ることが分かった。どうやら、効果は放射状に広がっているようだな。

竜巻魔術陣の時のように自壊は望めないし、外部からの破壊も不可能。はてさて、この魔術陣どうしたらいいものか……


時刻はまだ昼に差し掛かった程度だったが、今回の実験はこれで終了することにした。硬化魔術陣の所為で、地面がカッチカチになってしまったため、新しい魔術陣が描けなくなってしまったからだ。

別に、場所を移せば済むことではあるのだが、腹も異常に空いたしな。

お昼用に用意したサンドウィッチは、竜巻魔術陣の時に全て食べてしまったので、硬化魔術陣発動後には何も食べていない。正直、腹が空き過ぎて目が回りそうだ。このまま無理をすると、最悪帰る体力がなくなりそうだった。

硬化魔術陣をそのままにしていくことに、多少後ろ髪を引かれる思いはあったが、どのみちどうすることも出来ないので放置することにした。そのうち供給したマナが切れて勝手に戻るだろう。

実質実験時間数十分の短い実験だったが――通算四時間くらいはただ倒れていただけだから

な——俺はヘロヘロな体を引きずって帰路に就いたのだった。

これは後の話になるが、翌日からこの魔術陣の様子を一日に一回見に行くようにしたところ、効果は一週間程続いた。

竜巻魔術陣は自壊したが、もし頑丈な土台に魔術陣を描いていたら、あの竜巻も一週間程出っ放しになったのだろうか……怖っ！　それとも魔術の内容によって継続時間が違うのだろうか？

今後の検証課題が増えたな。

ちなみにだが……最初に発動した竜巻は誰にも目撃されずに済んだようだった。

早朝という時間も然《さ》ることながら、発動時間が三〇秒程度という短時間だったのが幸いしたのだろう。あれが誰かの目に留まっていたら、村中がパニックになっていたところだ。

一一話　森の中の家

「大変でしょうが、もう少しの辛抱ですよロディフィス」

「はぁ……はぁ……はい、神父様……」

俺は、神父様の後に付いて、鬱蒼《うっそう》と茂る森の中を歩いていた。地面は腐葉土で変に柔らかいため非常に歩きにくいし、更に縦横無尽に張り巡らされた木の根がそれに拍車をかけていた。

自分で頼んだこととはいえ、子どもの足では少々シンドイ……

今日は快晴、学校も休みなので、俺はこうして神父様と一緒に森にピクニックに来ている……訳では勿論ない。

何故俺たちがこんな、ラッセ村の西の外れにある森の中を歩いているかと言うと、ことの始まりは魔術陣実験の成功を見た翌日まで遡《さかのぼ》る……

………

……

…

その日、授業を終えた俺は、ミーシャたちの相手もそこそこに、早速神父様に魔術陣実験の成功を伝えに行った。朝一に報告に行こうかとも思ったのだが、俺も神父様もそれぞれやるべきことがあるため、報告は放課後（?）にすることにしたのだ。

「本当……ですか?」

俺の話を聞いた神父様の第一声がそれだった。神父様はどこか感慨深げに目を閉じると、俺の手を取り〝ありがとうございます〟と小さく呟いた……

散々変質者扱いされながらも研究を続けた師の成果に、神父様はそっと涙を流していたのだ。

話だけではなんだから、と俺は神父様を例の魔術陣実験場所へと案内した。

道中、魔術陣の発動方法や、どういった経緯で方法が分かったかなどを、俺は神父様に話して聞かせた。

「まさかそんな方法が……」

神父様は俺の言葉に一つずつ頷き、たまに〝あれはどーした〟とか〝これはどーなった〟という質問をしてきた。なので答えられるものには出来るだけ正確に答え、分からないものには素直に〝分からんっ！〟と胸を張って答えた。


現場に着くと、神父様は早速魔術陣を調べ始めた。幸いにも魔術陣に供給したマナは健在のようで、魔術陣はしっかりと稼動状態を維持していた。もし止まっていたらまた供給すればいいや、という軽い考えだったが、その場合は例によって二時間程身動きが取れなくなる。そうすると帰りは神父様に背負ってもらわないと、俺は帰れなくなってしまうのだがな。

そう考えたら、動いていてくれたのは幸いだったといえよう。ってか、その場合は神父様にマナを供給してもらえばいいだけか？　俺よりはマナの量が多そうだし、何てったってブランクはあれど元魔術師だしな神父様は。

なんてことを考えているうちに、神父様はテキパキテキパキと魔術陣を調査していった。勿論、ここに来るまでに、魔術陣に触れると問答無用でマナが吸収されてしまうことは伝えていたので、慎重を期して調べていた。

棒で魔術陣を擦った時にはマナの吸収現象が発生しなかったことから、間接的な接触ではマナは吸収されない、という推測も付け加えてな。

「……月並みですが、すごいですねこれは……正直、驚き過ぎてそれ以外の言葉が出てきませんよ」

気が済むまで魔術陣を調べた神父様は、土で汚れた手をパンパンと叩きながら俺の立っている所まで戻ってきた。

あ～あ～、膝まで土だらけになってるじゃないですか……

俺は目についた神父様の膝の土を、ペシペシ叩いて落とした。

「ああ、これはありがとうございます」

「いえいえ」

と、いう訳でここからは神父様の魔術陣に対する考察だ。

神父様曰く〝規格外〟も甚《はなは》だしいとのことだった。

まず前提知識として〝物体を硬質化させる魔術〟は通常の魔術にも存在する。しかし、この通常の魔術と魔術陣を用いた魔術とでは、持続時間・規模・対象範囲……どれを取っても魔術陣の方が遥かに上回っているというのだ。

「通常の魔術の場合、当然ですが効果は術者が魔術を使っている間に限定されます。術の使用を止めた瞬間に効果が消えてしまうので、このように、効果が何らかの形として持続することはありません。更に持続時間ですが、熟練の魔術師が全力を出したとして、持って〝鐘一つの間〟でしょうね。それ以上の無理をすれば〝魔力欠乏症〟に陥って最悪死に至ります……」

神父様が言う〝鐘一つの間〟とは、この国で時間を表現するのに使われている一般的な言い回しだ。

時計なんてものがないこの国では、教会が鳴らす鐘の音が時刻を知る一つの目安になっている。感覚的に朝の六時にあたる頃に、一日の始まりを知らせる一つ目の鐘が鳴らされ、八時には二つ、一〇時には三つ、と二時間おきに一つずつ鳴らされる鐘が増えていく。

そして、昼の一二時にまた一つに戻り、以降一四時に二つ、一六時に三つ、一八時にまた一つに戻り、その日の鐘は終わる。次に鐘が鳴るのは、翌朝の六時だ。

現在時刻を表す時は、朝の鐘いくつ、昼の鐘いくつと表現し、神父様が言ったように〝鐘一つの間〟と表現する場合は、鐘と鐘との間の一つ分、つまり、大体二時間くらいを表す。

熟練の魔術師でも二時間か……思ったより短いな。

しい。

で、〝魔力欠乏症〟は、俺がマナ切れで倒れたあの症状のことだな。どうやらこれが正式名称らしい。

って……ちょっ！　えっ⁉　何っ⁉

俺、あのまま続けてた場合、もしかしたら死んでたのっ！　怖っ‼

「ロディフィスの話からすると、この魔術陣は丸一日以上この状態のままだということですが……俄《にわ》かには信じられませんね。あっ⁉　いえ、ロディフィスのことを信じていない訳ではありませんよ？　こう……なんと言えばいいのか……私の魔術師としての常識が色々と邪魔をするのですよ。ありえない、とね」

神父様の説明だとこういうことらしい。

俺は子どもで、まだマナの総量は少ない。これは訓練していないのだから当然だ。そんな俺が魔力欠乏症に罹《かか》って倒れるまで使ったマナの総量を一〇として、熟練の魔術師が同じように魔力欠乏症に罹るまで使うマナは一〇〇となる。

魔術陣は一〇の力で一日以上持続して、かたや一〇〇の力を使って二時間だ。神父様が信じられないと言った理由が分からなくもない。これだけで、あの魔術陣がどれだけ異常か分かるというものだ。

ちなみにだが、魔力欠乏症に罹って倒れたことは、ちゃんと神父様に話していた。危ないから止めなさい、ときつめの口調で有難い説教を食らったのだが、まぁ、場合によっては死ぬ可能性もあったことを考えると当然だろうな。

「対象範囲の選定も、通常の魔術とは大分違うようですね……」

通常、魔術師による硬化魔術は手にした物、手に触れている物のみが対象になるのだと神父様は言う。

例えば、ツルハシだ。ツルハシは基本、掴む柄の部分は木で、掘り返す部分は鉄で作られている。魔術師がこのツルハシを掴んで硬化魔術を使った場合、掴んでいる木の部分は硬化するが、肝心の鉄の部分には魔術は効果を及ぼさない。他にも、石垣を硬化させようとした場合、手が触れている単一の〝石〟を硬化させることは出来ても〝石垣全体〟を硬化させることは出来ない。しかし魔術陣はそうではないらしい。

「こちらに来てください」

そう言って、神父様は魔術陣から随分と離れた所に移動すると、徐《おもむろ》に地面に右の手の平を突いた。そして、むっ！　と唸ると、俺に向かってこう言ってきたのだ。

「私の手の周囲を触ってみてください」

言われた通りにすると、神父様の手の周りだけ土が硬くなっていた。どうやら、神父様は硬化魔術を使っているらしい。そして、神父様は器用にも空いた左手で右手の周囲の土を払いのけていった。それを見て、俺も神父様の手の周りの土を払うのを手伝った。

神父様が地面から手を退けると、そこには不恰好なグローブのような形が浮かび上がっていた。

「これが通常の硬化魔術の効果範囲なんですよ」

地面とは、土や砂といった小さな一つ一つが無数に集積した物だ。故に、手から少しでも離れてしまうと魔術の効果は激減してしまうのだという。

「しかし、この魔術陣は連続して隣接している物体を一つの対象として捉えているのでしょう。だから〝地面〟という微小な個の連続体であっても、これだけの効果範囲を実現させることが出来ているのでしょうね……実に興味深いものです」

神父様の話は小難しい言い回しが多いのが玉に瑕《きず》だが、言いたいことは大体分かった。要は、この魔術陣をツルハシの柄に描いておけば、先端の金属部分まで硬くなるってことだな。石垣なら、一つの石に魔術陣を刻めば全体が硬くなる……と。

神父様の話では、この硬化魔術は所謂〝クソスキル〟として認定されているらしく、使う者が殆どいない魔術なのだという。

というのも、タンク系戦士職がこの魔術を覚えたとしても――この世界では、魔術適性のない俺やエーベンハルト氏のような人物を除けば、たとえ魔術師でなくても訓練さえすればある程度の魔術は使用が可能になるのだ――強化出来るのは〝盾の一部〟〝鎧の一部〟武器なら〝掴んでいる柄の部分〟なので、実用性がないらしい。そのくせ、疲労度は高いというおまけ付きだ……

ＭＰ消費が激しいのに、強化部位がピンポイントで挙句武器には事実上無意味とか……ゲームであったら誰も使わんわな。まさに〝クソスキル〟だ。

この魔術陣一つ取っても、魔術の常識がひっくり返る程の功績だと、神父様は興奮冷めやらぬ感じで熱弁していた。

「やっぱり先生は間違っていなかったのですね……」

魔術陣を見つめながら、神父様がそう嬉しそうに言っていたのが、俺には印象的だった。

そんな姿に気を良くした俺は、〝言わないでおこう〟と思っていた、〝一つ目〟の魔術陣の実験がどういうものであったのかを、つい話してしまったのだった。

〝言わないでおこう〟と思ったのは、俺自身、あの魔術陣の危険性を身を以て体感しているからだ。下手に話して心配をかけたくなかった、ということもある。

しかし、この時の俺はただ〝貴方の師匠はすごいものを作ったのだ〟と神父様に喜んでもらいたいという一心で、そんな危険性のことなど頭からすっぽりと抜け落ちていた。

だから、良くなかった……

話を聞いた後、神父様は険しい表情をして俺の肩を掴むと、魔術陣の実験をこれ以上続けてはいけないと言ってきたのだった。今までに見たことのない、あまりに真剣な表情で……だ。

神父様の言い分は勿論理解していた。あの竜巻魔術陣だって、少し立っている場所がずれていたら、俺は横にではなく上に飛ばされていたかもしれないのだ。

そうなっていたら……大怪我を負って、今こうして神父様と話をしていられる状態ではなかっただろう。いや、それどころか死んでいたかもしれない。

もし一つ目の魔術陣が竜巻ではなく〝大爆発〟を引き起こすようなものであったら？　いや、次に実験する魔術陣がそうでないと言い切れるのか？

この二回の魔術陣実験で、俺が怪我らしい怪我を負わずに済んでいるのは、ただ運が良かったに過ぎないのだ。神父様が言いたいのは、つまりはそういうことなのだろう……

しかし、だからってここで実験を止めるのは不完全燃焼もいいところだ。

実験の完全中止を訴える神父様と、条件付きでもいいから実験の続行を訴える俺とで、意見は真っ向から対立。結局この日の話し合いは平行線を辿るだけで、決着が付くことはなかった。

そして、俺は〝一人で実験をしないように〟ということで、神父様に赤本を取り上げられてしまったのだった。

「私から与えた物だというのに、こんなことをするのは大変申し訳ないと思いますが……」

本気で申し訳なさそうに言う神父様に、俺は特に抵抗することなく赤本を差し出した。

こう見えて俺は歴《れっき》とした大人だ。神父様の言い分も十二分に理解しているし、その言葉が俺を慮《おもんぱか》ってのことだということも理解している。だから、抵抗はしなかった。

とはいえ、実験を諦めるつもりも毛頭なかったがな。

結局、そのまま解散することとなった。神父様も稼動している魔術陣を放置するのは気がかりだったようだが、〝まぁ、害になることはないでしょう〟の一言で放置続行が確定した。


その日の夜……

俺は静かに寝息を立てている二人の妹に挟まれながら、あれやこれやを考えていた。勿論、どうやって魔術陣の実験を続けるか、についてだ。

今、一番のネックになっているのはやはり〝魔術陣の効果が不明である〟ということだ。不用意に発動させて大惨事では、目も当てられないからな。神父様は、その点を一番憂慮しているのだろう。

解決方法としては、魔術陣を起動させずに内容が分かればいいだけのことなのだが……

言うは易し、その方法が分からないから困っている。誰かに聞ければ手っ取り早いのだろうが、最も魔術陣に精通していた人物はとうの昔に他界している。もう少しまともな研究資料が残っていればと、悔やまれてならない。

そういえば、神父様の師匠であるエーベンハルト氏はここラッセ村に住んでいたと言っていたっけ？

どれくらい昔のことかは知らないが、そんな人物が住んでいた家があるという話は聞いたことがないな……

となると、エーベンハルト氏が住んでいたのは村の中ではなく外、ということになる。場所は……神父様なら知っているだろう。

調べて何もなかった、と神父様は言っていたが、一度行ってみる価値はあるかもしれない。何もせずにグダグダ考えているより、まずは行動だ。〝現場百回〟という言葉だってあるくらいだしな。

明日にでも神父様にエーベンハルト氏の研究所の場所を聞いてみよう。取りあえずの方針が決まったところで、俺も眠りに就くことにした。おやすみなさい。ぐぅ〜。


「先生が住んでいた場所……ですか？」

「はい。教えて頂けないでしょうか？」

翌日、俺は授業が終わると一目散に神父様の下へと向かった。用件はそう、エーベンハルト氏の研究所の場所を聞き出すことだった。

「聞いて……どうするつもりですか？」

「調べに行こうと思います」

「調べに……？　あそこには何もありませんでしたよ？」

「それでも構いません。一度自分の目で見てみたいのです」

「……ふむ」

神父様は難しい表情になるとしばし沈黙した。

「別に隠すつもりはないのですが、ここからですと結構な距離がありますよ？」

「どの程度でしょうか？」

「西の外れにある森の中ですからね……大人の足で片道鐘一つといったところでしょうか……キミの足ならもっと掛かるでしょうね」

片道二時間から三時間ってところか……行けない距離ではないな……

「それでも構いません。教えてください」

「……分かりました。ですが、子ども一人で行かせる訳にもいかないので私も同行しましょう。出発は、次の礼拝の日の説法が終わってからとしましょうか」

「はいっ！　ありがとうございます神父様っ！」

………

……

…

というようなことがあり、今俺たちはエーベンハルト・ヴィッセン・ハルフレイム魔術研究所を目指して、森の中をえっちらおっちら歩いているのだった。

森の中を歩くこと数十分。村を出てから約三時間。俺たちはようやく目的地に到着することが出来た。

出来たのだが……

「神父様……焼けていますよ？」

「……焼けていますねぇ」

やっとの思いで辿り着いた俺たちを出迎えてくれたのは、ほぼ炭化している木材の山だった。

外見から、元は家……というか、少し大きめの小屋であったことが窺い知れる。その小屋も、今は無残な姿を晒《さら》していた。俺は近づいて、元小屋の様子を探ってみることにした。

柱や壁だった場所から、新たな生命が芽吹いて所々で緑の柱や緑の壁を形成している。燃え残った柱の苔生《こけむ》し具合も合わせて考えると、こうなったのは一年や二年前ではないだろう。五年か六年か……下手をすればもっと前だ。

「これは神父様が？」

「まさか……私がここを発《た》った時はまだ健在でしたね」

「それってどれくらい前のことですか？」

「そうですねぇ……二〇年程前でしょうか？」

自分の師匠の終《つい》の棲家が燃え落ちているというのに、神父様の対応は実に淡白なものだった。あまりに冷静だったため、神父様自身が師との決別のために火を放ったのかとも思ったが、違うらしい。その点について聞いてみると、

「ここを出る時、いつかはこうなると覚悟はしていましたからね」

という返答だった。なんでも、ここ西の森は北の森に比べれば、大型の獣や魔獣が棲み着いていない分ずっと危険度が低いのだが、その代わり、野盗の類《たぐい》が隠れていることが多いのだとか。

おいおい……十分危険だろうに……

そういった輩《やから》が、無人の小屋を見つけては勝手に使い火事を起こすことは、別に珍しくもないらしい。空き家に勝手に忍び込んだヤンキーが、タバコ吸って小火《ぼや》騒ぎを起こして迷惑だ……みたいなノリで神父様は話していた。確かに、外より中の方が燃え方が酷いようだ。

「ロディフィス、少し失礼しますね」

俺が小屋の検分をしていると、神父様はそう言ってどこかへと向かって歩き出した。少し気になったので、俺はその後を付いていくことにした。

神父様が足を止めたのは、小屋の丁度裏側の少しだけ開けた場所だった。よくよく見れば、神父様の足元には人の頭程の大きさの石が一つ転がっている。

お墓……だろうか。

「お久しぶりです……先生……」

どうやら、神父様の師匠のお墓であるらしい。俺も神父様の隣に立つと、そっと手を合わせた。

貴方の書いた手記を基に魔術陣魔術を調べている者です。ぶっちゃけ行き詰まっています。ヒントを下さい。おなしゃースッ‼　よしっ！　これでいいだろう。かわいい愛弟子が帰ってきたのだ。エーベンハルト氏も草葉の陰からサービスでヒントの一つも出してくれるに違いない。

小屋があんな状態では、ほぼ絶望的だけどな……でも、希望は捨てないでおこう。

「時にロディフィス……」

「はい？　何でしょうか？」

「先生の家もこんな状態になってしまっていますが、それでも調べますか？」

神父様も同じことを考えていたらしい。が、折角ここまで来たのだ。何もせずに帰るという選択肢はない。

「はい。一応見ていこうと思います。もしかしたら何か面白い物が見つかるかもしれませんし……」

「そうですか。では、私は先生のお墓を手入れしていますので、何かあれば呼んでください。いいですか？　くれぐれも危ないことだけはしないように。キミはすぐに無茶なことばかり……」

「イエッサー！　では、ロディフィス・マクガレオス只今から探索任務に従事して参ります

「サーっ！」

神父様の話が長くなりそうだったので、俺はさっと踵《きびす》を返すと、逃げるように一目散に走り去ったのだった。

元小屋の中はものの見事に炭化していたが、床は比較的原型を留めている場所が多かった。その代わり、壁の燃焼が酷いものだった。どうやら炎は壁から燃え広がったのではないかと予想される。

当然だが屋根はなく、壁も一部焼失してぽっかりと穴が口を開けている。ギリギリ形が残っている物といえば、壁際に置かれた頑丈そうな机と、背の低いベッド、後は部屋の大きさとは不釣合いなでかい本棚くらいなものだろうか……

当たり前だが本棚には本は入っていない。これは火事で焼失したのではなく、ここを出る際に赤本と一緒に持ち出したのだと神父様が道中話してくれた。今は神父様の書庫で大切に保管されている。

さて……調べるとは言ったものの、何をすればいいのだろうか？

こうも綺麗さっぱり燃えてしまっていると、今更資料の捜索も何もないだろう。

俺はうんうん唸りながら、無目的に部屋の中をグルグルグルグルと歩き回った。

特に意図はないが、昔から悩んだ時はウロウロするのが俺のクセのようなものだった。歩いていると良いアイデアが浮かびやすいのだ。仕事で問題が発生した時も、会社の廊下なんかをウロウロして考えごとをしていたものだ。

よく、先輩や上司から邪魔だの熊みたいだの言われたっけ……今じゃあんなブラック企業すら懐かしく思えるよ。

ザクッザクッ……ギチィ……ザクッザクッ……ギチィ……

ん？　なんだここ……室内、といっていいのか、小屋の内側をウロウロしていると一箇所だけ足音が他と違う場所が出てきた。

出る音の違うと思《おぼ》しき所の真上に立つと、軽く飛び跳ねてみる。

ギチィ……ギチィ……ギチィ……

やっぱり違う。音の感じからすると、下に空洞があるようだが……可能性としては地下室だろうか？　しかし、床に開閉出来そうな場所なんて見当たらない。

俺はしゃがみ込むと、床をまじまじと観察……

バキッ！

「へっ？」

しようとした時、派手に何かが折れる音と共に俺の足元から床の感触が消失し、体全体を嫌な浮遊感が包み込んだ。下腹部がキュッとなるあれだ。所謂〝ダマヒュン〟というやつだな。

「のおおぉぉぉぉぉ!!」

俺は突然のことになす術もなく、真っ暗で底の見えない穴にただ落っこちていったのだった。

一二話　残されたモノ

「イテテテ……」

穴に落っこちた拍子に、あちこちを強く打ち付けた所為で、体の節々が非常に痛い。特に背中とケツからはジンジンと鈍《にぶ》い痛みを感じる。

骨折などの大怪我はないようだが、打撲に打ち身、擦り傷くらいは作ったかもしれないな。しれない、というのは、今いる場所が暗過ぎて何も見えないからだ。俺が落ちてきた穴から、多少の光が入ってきているが、周囲を照らす程の光量はない。

しかも、一緒に落下した木材に埋まっているらしく碌《ろく》に身動きが取れない状態だった。それにしても深いな。穴までの高さが三メートルくらいあるぞ……

「ロディフィスっ！　どうしたのですかっ！　ロディフィスっ！」

俺が穴に落ちてすぐ、上から神父様の声が聞こえてきた。俺の悲鳴（？）を聞きつけて駆け付けてくれたのだろう。

「ここですっ！　神父様っ！　小屋の中央付近にある穴に落ちましたっ！　結構深いので落ちないように気をつけてくださいっ！」

俺は神父様に、自分が無事であることと穴の存在を知らせるため、出来る限り声を張り上げた。神父様まで穴に落ちてしまったら、目も当てられないからな。

「ロディフィス。この中にいるのですかっ？」

程なくして、ぽっかり空いた穴から、神父様がひょっこり顔を覗かせた。

「大丈夫なのですかっ!?」

「まぁ、一応は……大きな怪我はしていないので、大丈夫といえば大丈夫です。ただ、一人でここから出るのはちょっと無理っぽいですね……」

暗いので何とも言えないが、周囲にここから穴までの移動手段……梯子《はしご》とか階段の類が見当たらないのだ。ここはどうやら通路の端のようで、目の前には行き先が暗くてまったく見えない道が続いていた。

「分かりました。少し待っていてください。すぐに戻りますので」

そう言って神父様が穴から離れていくのが、雰囲気で分かった。たぶん、ロープでも取りに行ったのだろう。俺は俺で何かに埋まっているので身動きが取れそうもない。

そんな俺は、静かに神父様の帰りを待つしかなかった……

神父様はものの五分くらいで戻ってきた。そして、穴に投げ入れたロープをつたって穴の底へと降りてきた。

「暗いですね……」

そう言うと、神父様は手の平から拳くらいの大きさの、真っ白に光る電球のようなものを生み出した。明かりを生み出す魔術だ。

ホント魔術ってのは便利だよなぁ……と、つくづく思ってしまう。

で、その明かりによって、俺はようやく自分の状況を把握することが出来た。まず、俺が埋まっていたのは木箱の中だった。

どうやら俺の落下地点に置いてあった物のようで、その木箱にケツから突っ込み天板をぶち抜いて、すっぽりと下半身が木箱の中にはまってしまっていたのだ。そこに上から一緒に落下した木材が被さり、埋まったような状態になった、という訳だ。

周囲には、この木箱と同様な物が幾つか転がっていることから、どうやらこの木箱を積んで階段代わりに使っていたのだろうということが分かる。差し出された神父様の手を取ると、ぐいっと力強く引っ張り上げられ、俺は無事、掘り起こされた。

運が良かったのは、この木箱が半分腐っていたお陰でクッション材のような役割を果たしてくれたことだろう。もしこの木箱がなければ、この石の床に叩きつけられて無事では済まなかったかもしれない……

そう、この通路は床も壁も天井も、全て石で出来ていたのだ。そこは、地下室と言うには余りに物々しい雰囲気の場所だった。

「神父様、この場所は？」

「さぁ……正直、私がこの場所で過ごしたのは、先生を弔《とむら》うために滞在した数日ですから……」

なんでも、神父様がエーベンハルト氏と別れたのはもっと別の場所らしい。その後、風の噂を頼りに師匠を探して国中を旅し、ようやく見つけた時には既に……と、いうことらしい。

「なので、私もこんな場所があったとはまったく……」

〝取りあえず、先に進んでみましょう〟と言う神父様に付いて、通路の先を目指して歩き出す。

通路は一本道で、一〇メートルも進まないうちに扉にぶち当たった。これまた石で出来た扉で、えらく頑丈な代物だった。

二人で——といっても、子どもである俺の力が、果たして足しになったのかどうかは疑問だが——力の限り引っ張って、ようやく扉を開けることが出来た。

中に入ると、ツンッとカビくさい独特の臭《にお》いが鼻を突く。

そこは体感で四畳半くらいの広さで、ある物といえば机が一つと椅子が一つ、後は石ころやら石版のような物やらが結構な数転がっていた。試しに、足元に転がっていた石を一つ拾い上げてみると、そこには魔術陣が刻まれているのが見て取れた。

慌てて手放そうかと思ったが、あのズルッとしたマナを吸い上げられる感覚がなかったので、機能はしていないようだ。

俺は石を足元に戻して、周囲を見回してみる。机の上には、作りの良さそうな箱が置かれていた。日本なら、贈答用の高級お菓子が入っていそうな感じの箱だ。だが、それは長い年月の所為でくすみ、傷み、今は見る影もない。

神父様は、無言のまま机へと近づくと、静かに箱の蓋を開けた。積もり積もった埃が、ぶわっと宙へと拡散し、神父様が作り出した光球にキラキラと照らされる。

「げほっげほっ……」

俺は降りかかった埃を払おうと、顔の前をパタパタと仰ぐが、これといって効果はなかった。むしろ、空気が対流して更に埃を巻き上げる結果になっただけだった。これはアレだ。俺の顔面が、丁度机の天板の高さにあるのがまずいのだろう。

俺はそう考えて、埃から逃れるために椅子の上へと飛び乗った。あと、神父様が覗き込んでいる箱の中身が気になった、というのもある。

勿論、事前に強度の確認は怠らない。さっきの木箱のように腐っていたらたまったものじゃないからな。多少、心許《こころもと》なくはあったが、子どもの体重くらいは十分に支えられそうだったので、問題はないだろう。

箱の中を覗き込むと、そこに入っていたのは紙の束だった。

「もしかしてこれって！」

神父様の許可を得て、俺はその紙束に手を伸ばした。

ペラペラと流し読みすると、そこには魔術陣に関する事柄が記されているのが読み取れた。間違いないっ！　これはエーベンハルト氏の魔術陣に関する研究資料だ。

虫食いにカビと酷い状態だったが、それも表層部分だけで、肝心の研究内容の部分はほぼ無傷だった。その表層部分も、研究とは余り関係ない手記のようなものが書かれているだけなので――エーベンハルト氏には悪いが――問題がないといえば、特に問題はなかった。

手記の内容は――読める範囲になるが――自分を認めなかった〝魔術協会〟という組織への愚痴と、弟子であった神父様に辛く当たってしまったことへの懺悔《ざんげ》の言葉だった。内容から察するに、赤本の手記の部分をまとめたもののようだ。

俺は一度資料を箱に戻すと、適当に埃を払った上で箱をカバンにしまい込んだ。その後、神父様と話し合って一旦地上へと戻ることにした。転がっている石を持ち帰るかどうかで悩んだが、現状なんだかよく分からない上、ものによっては一抱え程あるので、手ごろなサイズのものを二、三個だけ選んで持って帰ることにした。

元来た道を戻り、そして、地下から這い上がると……

ぐぅ～……

俺の腹が鳴った。

気づけば日はすっかり高くなっており、もうとっくに昼を過ぎてしまっていた。

地下にいる時は、緊張と驚きで全然気がつかなかったが、一息吐いたところでどっと空腹感が襲ってきた。なので、少し遅いが俺たちはここで昼食をとることにした。

俺の弁当はママン特製のサンドウィッチだ。今日のことは事前に話していたので、弁当を用意してくれたのだ。当然だが魔術陣のことは言っていない。神父様に遊んでもらっている、程度にしか思っていないだろう。

勿論、弁当の中には神父様の分も含まれていた。俺たちは適当な場所に陣取って、ランチタイムとしゃれ込んだ。

「……しかし、何が福と転じるか分からないものですね」

神父様は俺からサンドウィッチを受け取ると、シミジミとそう言った。神父様が言っているのは、あの秘密の地下室のことだ。

地上に戻った際に、改めて穴の周囲を調べてみたのだが、やはり入り口らしきものは見当たらなかった。つまり、あの地下への入り口は小屋によって完全に塞がれていたのだ。

地下室を作ってから小屋を建てたとは考え難《にく》いので、小屋の中で地下室を作って全てが終わった段階で後から床を張り直した……と、考えるのが自然だろう。なんでそんな面倒なことをしたのかは、俺たちに知る由もないがな。

ああいった状態にでもなっていなければ、俺たちがあの秘密の地下室の存在に気づくことはなかったのだから。そうなると地下室に気づくことが出来たのは、あの小屋で火事を起こしたヤンキー共のお陰……ということになってしまうのか。

まさに〝人間《じんかん》万事、塞翁《さいおう》が馬〟である。


昼食をとった後、今一度小屋の中と周囲を調べてみたが、研究資料が置いてあった地下室のような場所は他には見当たらなかった。余りこの場所に長居していると、家に帰り着くのが夜になってしまうので、俺たちは適当なところで区切りをつけて帰路に就いた。

これからまた片道三時間程度の道のりを歩いて帰ることを考えると、帰る前からどっと疲れが押し寄せて来た。が、その苦労に見合う……いや、苦労以上の収穫があったことを思えば、泣き言ばかりも言ってはいられないだろう。

帰路の途中、俺と神父様は、今後この研究資料をどのように扱うかについて話し合った。俺としては調べさせて欲しいという旨を伝えたら、殊《こと》の外《ほか》あっさりと許可が出た。

〝ロディフィスが魔術陣の起動方法に気づいたのですから、そうするのが筋というものでしょう〟

と、こちらが肩透かしを食らうくらい、神父様は俺の主張をあっさりと認めたのだった。

ただし、幾つか条件を出された。


一つ、大掛かりな実験をする時は、必ず神父様と一緒でなければいけない。

また、実験の内容は事前に報告すること。


一つ、魔術陣を使って悪いことをしてはいけない。

この〝悪いこと〟というのは、例えば魔術陣を使って人を傷つけてはいけない、とか、イタズラをしてはいけない、とか、遊び半分に使用してはいけない……とか、そんな感じだ。

所謂、モラル的な問題だな。これは、俺に限らず魔術の授業を受講している生徒たちにも言っていることであるらしい。まぁ、魔術なんて一歩間違えれば、人を簡単に殺せる力を持っている訳だしな。

そういう道徳的なことは、しっかり言っておかなければならないのだろう。

一つ、魔術陣は広く多くの者のために使わなければならない。

これはアレだな。私利私欲のために使ったらいけない、とか、人のためになるような使い方をしろ、みたいなことだ。多少違うかもしれないが、〝貴族が負う義務《ノブレス・オブリージュ》〟と似たようなものではないだろうか？

〝大きな力を持つ者は、その力を振《ふる》うことに責任を負う〟みたいな……

他にも細かいことを幾つか言われたが、要約してしまえば〝人に迷惑をかけるな。親切にしなさい〟の一言で片付くようなことばかりだったので省略する。これらの考えは、神父様の個人的な思想ではなく魔術師としての教えらしい。この世界の魔術師たちは、騎士道やら武士道のような心構え的なものでも持っているのだろうか？

そんなこんなで家路を急ぐこと数時間……

やはりというか、当然というか、村に辿り着いたのは日がどっぷりと沈んだ頃だった。別に一人でも帰れたのだが、神父様が〝遅くなってしまったので送ります〟と言うので、家まで一緒に行くことになった。しかし……

俺を送り届けすぐに帰ろうとした神父様は、玄関先で俺の両親に捕まり、半ば強引に夕食の席へと招待された。

という訳で、本日の夕食の席にはゲストとして神父様をお迎えしております。

〝ウチの子が迷惑をかけてすみませんねぇ〟〝いえ、ロディフィス君は大変優秀な子で……〟

という、両親と神父様の会話が昔懐かしい家庭訪問を彷彿《ほうふつ》させ、やけに背中がむず痒い思いをする羽目になったのは……まぁ、どうでもいい話か……

こうして、俺は手に入れた研究資料を基に、翌日から本格的な魔術陣の解析作業に取り掛かることにしたのだった。

一三話　魔術陣の可能性

神父様の師匠の家から、魔術陣に関する資料を見つけ出して、早《はや》数日が経った。で、俺がこの間何をしていたのかといえば、当然エーベンハルト氏が残した魔術陣に関する資料を読みふけっていた訳だが……

学校での授業中は勿論、家の手伝いの合間や食事中やベッドの中ですら時間を惜しんで読み続けた。

学校で読んでいるのは読み書きの勉強の時間だけな。それ以外の時間はシスター・エリーが怒るので読んでいない。それと、食事中の読書はママンとパパンに怒られたが止めなかった。ごめんよ……読み終わったら止めるから……それまでは許してほしい。

まぁ、その甲斐《かい》あって魔術陣についていろいろと面白いことが分かった。

俺に言わせれば、魔術陣の正体など実にシンプルなものだった。なにせ前世で散々世話になったものととてもよく似ていたのだからな。


エーベンハルト氏が残した資料には、様々なことが記されていた。そりゃあもう、赤本に載ってないことがごろごろ書いてあった。

それを一から十まで全て話すのは面倒なので、重要なことだけを挙げるとするなら、魔術陣とは、言ってしまえば〝プログラム〟と同じものだということだ。厳密には、〝プログラミング言語〟だがな。

C言語とかJavaScriptなんかは、馴染みのない人でも聞いたことくらいあるんじゃないだろうか？

スマホやＰＣのアプリだってこの〝プログラミング言語〟によって作られたプログラムで動いているのだ。

〝魔術陣〟というものは、これらアプリと殆ど変わらない代物だった。

魔術陣は、一見記号（？）のようなものを使って描かれているのだが、新たに手に入った資料によってこれが歴《れっき》とした言語であることが分かった。

エーベンハルト氏は、この文字のことを精霊言語と呼んでいた。俺が資料を手に入れて手始めにしたのは、この資料を片手に魔術陣を読み解くことだった。

精霊言語、というからには、そこには必ず意味があるはずだと俺は考えた。そして解読が進むに連れて、その推測が見事に的中していることが分かっていった。魔術陣にはちゃんとした意味が記されていたのだ。

しかも、「～をして、次に～をして、そして次に～をしろ」というような命令がびっしりと書かれていたことが分かった。赤本に魔術陣の解説が一切載っていなかったはこのためだな。

見る奴が見れば、説明なんてなくても分かる。というか、魔術陣が既に発動する魔術を説明しているのだから、別に解説を書く必要がない。つまりはそういうことなのだろう。

で、具体的な例を挙げるなら、あの竜巻の魔術陣なんかが丁度いい。あれは実にシンプルな、それこそお手本のような作りをしていたからな。

フローチャートにするならこんな感じだろう。

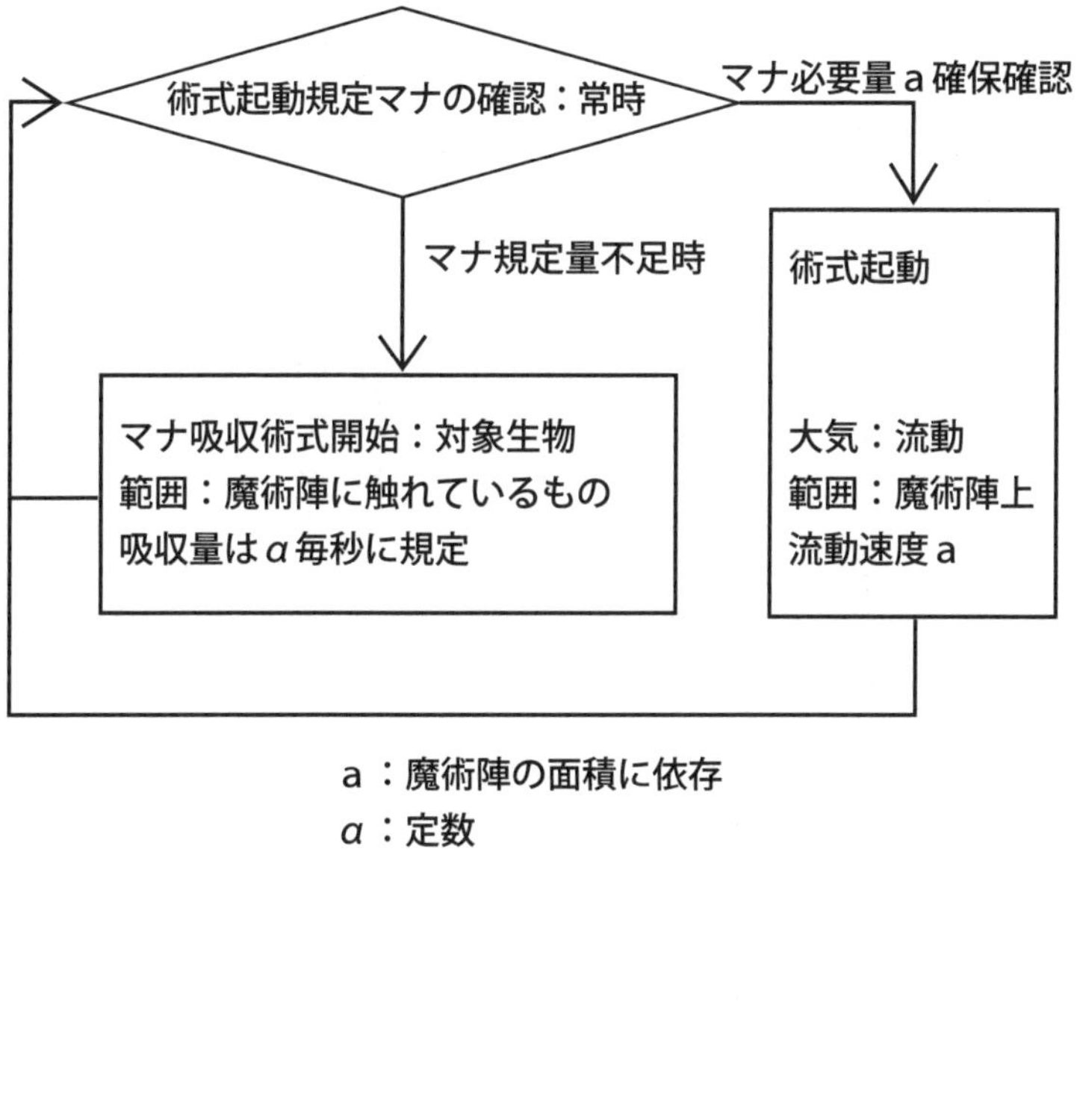
術式起動規定マナの確認：常時
マナ必要量ａ確保確認
マナ規定量不足時
マナ吸収術式開始：対象生物
範囲：魔術陣に触れているもの
吸収量はα毎秒に規定
術式起動
大気：流動
範囲：魔術陣上
流動速度ａ
ａ：魔術陣の面積に依存
α：定数

言葉にするなら、

〝まずは魔術陣内部に蓄積されているマナの残量確認をして、規定量に達していれば術式を起動しなさい。

足りないようなら、魔術陣に触れているものからマナを吸収しなさい。

規定量に達したなら、吸収を停止して、術式を起動しなさい。

術式は大気を速度ａで流動させます。

ａは魔術陣の面積に比例します〟

と、いうようなことが書かれていたのだ。

実際は、送る風の向きや大気の回転の方向、消費するマナの量だとか、吸収したマナをどこに格納するとか、他にも細かいことが書かれていたが、そのあたりのことは分かり難《にく》くなりそうだったので省略した。

しかし……もうここまで来ると、元ＳＥ《システム・エンジニア》の俺には魔術陣がただのプログラムにしか思えなくなっていた。幸いにも、文法はそれほど難しくはないし、手元にはコマンドの一覧表のようなものが解説付きであるし、既に完成しているサンプルだって二〇種類以上はある。

初めこそ訳が分からない代物だったが、タネが明かされてしまえば理解するのは一瞬だった。

俺はこの驚くべき事実を、神父様に懇切丁寧に説明したのだが、残念なことに最後まで理解してはもらえなかった。

喜びを共有したかったのだが……なんだか寂しい。ものは試しと、ミーシャやグライブなんかにもダメ元で説明したんだが、結果は言わずもがなだった。やはり、身近にＰＣやらなんやら、電子機器がないと理解し難《にく》いのかもしれないな。

ちなみにだが、俺が初めて魔術陣の起動に成功した時の竜巻魔術陣が、なぜあんなに巨大化し、硬化魔術陣がなぜあんなに長持ちしたのか、その理由も判明した。ずばり、魔術陣がデカ過ぎたのが原因だ。

術式起動に必要なマナの量は、魔術陣の面積に影響するようプログラムされていた。吸収したマナを、魔術陣全体で分散して格納するような設定にされていたから、大きければ大きい程保管出来るマナ総量が増加する。

直径一メートルの魔術陣に蓄えられるマナの量を1とするなら、俺が描いた魔術陣のサイズは直径三メートルだから9になる。そりゃ、アホな規模になるってものだ……

あの森へ遠足に行ってから次のお休みの日……

俺は、学校が休みであるにもかかわらず朝から教会へと足を運んでいた。その理由は、神父様と交わしたあの二つの約束を守るためだ。大掛かりな実験をする時は神父様と一緒に。そして、事前に実験の内容を報告する。ってあれだ。

どの規模までを〝大掛かり〟とするかは迷ったが、何かあってからでは遅いので、全ての実験に立ち会ってもらうことにしたのだ。

教会に着いた俺は、早速神父様に朝の挨拶をしてから、二人して教会の裏手にある広場――いつも剣術の稽古をしている所だな――へと向かった。

今日、教会に来て魔術陣の実験をしたいということは、昨日のうちに内容も含めて神父様には話しておいた。で、今日行う魔術陣の実験は……実は、そんなに大層なものじゃなかったりする。ただ竜巻魔術陣などの魔術陣を起動するだけだ。ただし、サイズはずっと小型化したものを、だがな。今回の目的は、魔術陣のサイズ変更による威力・効果範囲への影響の検証を行うことだ。

広場に着いた俺は、愛用のカバンから布に包まれた手の平サイズの物体を取り出した。そして、丁寧に布を取り外すと、魔術陣が書かれた木片が出てきた。勿論、書かれている魔術陣はあの竜巻魔術陣とまったく同じものだ。ただ、直径にしたら一〇センチメートルあるかないかくらいの大きさにまでダウンサイジングされている。

これは、俺が日々の生活の合間にチマチマと作っていたものだ。俺はそれをそっと地面に置いた。

布を被せていたのは、不用意に魔術陣に触れないためだ。下手に触って、カバンの中で魔術が発動したらたまったものじゃないからな。直接触れさえしなければ魔術陣が発動しないのは、先の実験で分かっている。

「じゃあ、始めます」

俺は神父様にそう言ってから、地面に置いた木片へと手を伸ばした。そして、書かれた魔術陣の中央にそっと指を乗せる。

ちりちりちり……

触れた瞬間、指先にそんな感覚を覚えた。マナが抜けていく感覚なのは間違いなかったが、前回の大型のものに比べればその量は非常に少ないようだった。どうやら、マナの吸収量も面積の影響を受けていたようだ。

程なくして、マナが満タンになったのか、チカチカっと閃光が走ったかと思えば、ぶわっと強めの風が顔を撫でた。風量的には……扇風機の強ぐらいの風だろうか？

魔術陣の起動を確認すると、俺は既にマナの吸収が止まっている魔術陣から指を外した。竜巻魔術陣小型版は、その後二～三分程風を撒き散らして自然と止まった。

出力が落ちているのは当然としても、前回の大型のものより起動までの時間は短くなり、持続力もかなり落ちていることが確認出来た。これは魔術陣の規模が小さくなったために、保持出来るマナの量が減ったためだろう。

「すみませんが、私にも触らせてもらえますか？」

俺の実験の様子を見ていた神父様がそう言ってきたのは、魔術陣の機能が完全に停止したことを確認した後だった。

「どうぞ」

別に誰がやっても問題はないので、俺は神父様に場所を譲った。神父様は、神妙な顔つきでゆっくりと魔術陣へと触れる。

「では……確かに、マナが吸い上げられていますね……しかし……これは……」

一〇秒程触れていると、またあのチカチカとした閃光と共に強めの風が吹いた。とはいっても、俺は魔術陣から多少離れていた所為か殆ど風を感じなかった。

どうやら、魔術陣の生み出す風はかなりの指向性を持っているようだ。魔術陣には、風の流れについてかなり細かい指定がされていたことを考えると、これは偶然の産物ではなく狙って起こした現象だということになるな。もしあの大型竜巻魔術陣の真上に乗っていたら、真横ではなく真上に吹っ飛ばされていたってことになるのか……今更ながらに背筋がゾワッとした。

そして、竜巻魔術陣小型版はやはり二～三分でピタリとその活動を停止した。チャージに掛かった時間、持続時間……どっちをとっても俺の時と大差はなかったな。

「ふむ……やはり、マナの変換効率が通常の魔術より優れているのですね……」

機能を停止した魔術陣の書かれた木片を持ち上げて、神父様はそんなことをぼそりと呟いた。気になったので詳しい話を聞いてみると、同規模の魔術を通常の魔術で行った場合はもっと大量のマナを消費するはずだ、と説明してくれた。

神父様の体感で、マナの消費量は四分の一程度らしい。勿論、魔術の技量には個人差が大きく関わってくる。1のマナ消費で1の規模の魔術しか行えない者もいれば、同じく1のマナ消費で2の規模の魔術を行うことが出来る者だっている。それらを差っ引いて考えたとしても、魔術陣による魔術のマナ消費は異常に少ないのだと神父様は語った。

ふむ……いつでもどこでも手軽に使える通常の魔術と、使用に下準備が必要だが高効率で負担の少ない魔術陣を用いた魔術……そういう違いなのだろうか？

それからその日は、俺が拵《こしら》えた小型魔術陣セットを次から次へと起動試験していった。勿論、出力が魔術陣の大きさに依存するタイプのもので、出来るだけ構造が簡単、尚且つ機能がはっきりと分かっているものに限定してだ。

赤本の中には、現状ではどんな魔術なのか見当も付かない魔術陣が何点も存在していた。それらの試験は、もっと解析が進んでからでも遅くはないだろう。下手に弄ると怖いのは、先の実験で身を以て体感したからな。

ちなみにだが……

危惧していた爆発魔術陣はやはり存在していた。赤本のかなり後ろのページに載っていたのだ。効果や規模がどの程度なのか正確には把握していないが、もしあの大型竜巻魔術陣の実験の時にこの爆発魔術陣を使っていたら、今ここに俺がいないことだけは、魔術陣を構成していた回路からなんとなく想像が出来て……おしっこをちびりそうになったのは秘密の話だ。

その後、神父様にも用意した魔術陣を起動してもらい、感想や考察などを聞いた。通常型魔術と魔術陣型魔術との相違点や、通常型魔術ではどのようにして魔術を制御しているのかなど、魔術師の観点から複数の意見をもらった。さすがは元魔術師だけあって、説明が的確で分かりやすい。

参考になる点も多く、実に有意義な実験となった。

それからは昼くらいまで神父様と実験をして、解散となった。時間も時間だし腹も減ってきたからな。実験で結構な量のマナを消費しているのでなおさらだ。

そんな腹を空かせたガキが一匹、あぜ道を家に向かっててくてく歩いていると、前方に見知った人影を発見した。

ミーシャとグライブだ。

「あっ！　ロディ君だぁ！」

向こうもこっちに気づいたらしい。で、二人してこんな所で何をしているのかと聞けば、

「おとうさんを迎えに来たのっ！」

昼になったので農作業中の父親を迎えに行くところだった。俺たち子どもは学校が休みだが、大人たちにはそんなことは関係ないのだ。特に農作業に関わってる者たちに、休みなんてものはない。

「そういうお前は何してたんだよ？」

そう聞いてきたグライブに、神父様の所に行って魔術陣の実験をしてきたことを正直に話した。別に隠すことでも、秘密にしないといけない訳でもないからな。

当然だが、二人が早速興味を示したので一つ実演してやることにした。使うのは竜巻魔術陣小型。これを選んだのは他でもない、今回用意した魔術陣の中では、一番体感しやすいものだからだ。

俺は取り出した魔術陣に指を当てて、一〇秒程待つ。

チカチカっと例の閃光が奔《はし》り、チャージの完了を確認すると、俺は魔術陣を二人の兄妹に向かって突き出した。そして……

ぶぅおおおぉぉぉぉ!!

「「おおおぉぉぉーーー!!」」

二人を風で煽《あお》ってやった。二人とも〝なんでなんで？〟とか〝すげー！　どうなってんだコ

レっ！〟とか終始驚いていた。グライブが頻《しき》りに〝くれっ！〟と騒いでいたが、実験中のものなので却下した。別にキケンな代物ではないが、まぁ、一応な。

そのうち面白いオモチャでも作ったらくれてやる。と言ったら、目を輝かせながら〝絶対だからなっ！〟と約束させられた。しかし……俺はこの時、この竜巻魔術陣小型版の新たなる可能性に気づいてしまった。そう、それは……スカートがビックリするくらい捲《めく》りやすいっ!!　ということだ。

こう……若干下の方から上に向くような角度で風を送ると……

ぼわぁっ!!

「わあぁ!!」

と、ミーシャの長めのスカートでさえ簡単にラッパ状態にすることが出来た。

ふむ……今日のパンツはベージュか……とはいっても、俺は○リコンではないので幼女のパンチラで欲情などしない。そもそも、ミーシャが穿いているパンツは、現代日本におけるソレとはデザインがかけ離れているのだ。

ズロースというか、短パンというか……とにかく、色気や洒落っ気の欠片もないような代物だ。たとえ成人美女が穿いていたとしても、これで欲情しろ、というのは無理がある。いや、だからってミーシャが色気や洒落っ気があるパンツを穿いてたら欲情するのか？　というとそういう訳でもないが……

ちなみに、うちの妹たちも同じものを穿いているので、見慣れているといえば見慣れているものだったりする。では、何故興味もない幼女《ミーシャ》のスカートを捲ったのかといえば、これはいわば前哨戦に過ぎないのだ。

ミーシャの身長は低い。そのミーシャのスカートでさえ、こうも簡単に捲れたのだ。では、ミーシャより身長のある人物ならどうなるだろうか？

本命は、今でこそ俺のストライクゾーンにいながら、俺が成人する頃には間違いなくアウトになってしまうであろう人たち……そうっ！　教会のシスターズだっ！

大人がやれば後ろ指差される行為であったとしても、今の俺ならかわいい子どものイタズラで大体かたが付くはずだっ！　よしっ！　今度試してみようっ！

なんてことを考えている間も、俺は〝やあぁぁ!!〟と逃げ回るミーシャをストーカーよろしく追い回してスカートを煽《あお》り続けていた。何ていうか……こう……ねぇ？

必死にスカートを抑えて逃げ回るミーシャが妙にかわいくってつい。途中で〝いい加減にしろっ！〟と、グライブに頭を叩かれたことでこの無意味な追いかけっこは幕を閉じた。そんなこんなで、俺はハインツ兄妹とはここで別れることになった。

ミーシャたちと別れて、俺はまた自宅を目指しててくてく歩く。手には、ミーシャたちに見せたあの竜巻魔術陣小型版が握られていた。この技術を応用して、何か作れないだろうか？

それは、ここ数日俺の頭の片隅でチロチロと燻《くすぶ》っている考えだった。これでも生前はエンジニアのすみっこの方にいた人間だ。

新しく手に入れたおもちゃ……げふんっ……技術で、何か形あるものを作り上げてみたい、と思うのは別に変な話じゃないはずだ。しかし、自分でも分かっていることだが、今の俺の魔術陣技術など稚拙《ちせつ》なものに過ぎない。やっていることはといえば、基本は転写で、自分で一から回路を組んでいる訳じゃないからな……

魔術陣ってのは、それこそ何でも出来そうな技術だ。だが、その〝何でも〟に至るには俺のレベルが低過ぎるの。今の俺の技術で、何か出来そうなものはなんだろうか？

出来れば、実用性のあるものがいいなぁ……う～む。

神父様も、この技術は人のためになるように使え、と言っていたしな。

これから季節が本格的に夏になっていくことを考えれば、エアコンなんて物があれば皆喜ぶだろうな……だが、今の俺には無理だ。知識も経験も何もかもが足りていない。

風を起こす方法ならある訳だから、手始めに扇風機でも作ってみようか？　となると、今のままのマナ供給システムでは実用性がないな。一〇秒触って二～三分しか持続しないのではあまり意味がない。

携帯型扇風機としての価値はあるが、出来るならもっと実用性の高いものがいいな。魔術陣を大型化すれば持続時間は延びるにせよ、風力まで高くなってしまう。風力の調整機能も欲しいな。

それを除いても、持続時間はやはり短いだろうから、マナをプールする方法も考えないといけない訳か……単純に見えて意外と難しいぞこれ……

そんなことを考えているうちに、俺は家に着いていた。

「ただいまぁ～」

と、玄関を潜《くぐ》るが、家の中からオカンや妹たちの返事がない。いつもだったら、レティやアーリーがカッ飛んで来るのだが……

取りあえずリビングに向かう……が、途中で裏庭からレティとアーリーの声が聞こえてきた。俺は荷物を適当な場所に置くと、裏庭へと向かった。

「ただいま、かーさん」

「あら、ロディ帰ってたの？　これが終わったらご飯の用意するから、少し待っててね」

「手伝おうか？」

「あら？　そう？　それじゃ、お願いしようかしら？」

裏庭ではオカンと妹たちが洗濯を行っている真っ最中だった。オカンは洗濯板でゴシゴシと、妹たちはタライの中に入ってツイストダンスを踊っていた。一見邪魔しているようにしか見えないが、別に遊んでいる訳じゃないぞ？

あれでも歴としたお手伝いだ。力の弱い妹たちでは、洗濯物を普通に洗ってもヨゴレが落ちないのだ。だから、ああやって洗濯板の上に洗濯物を置いて踏みつけることで、自分の体重を使って洗っている。当然だが、この世界に現代日本の〝洗濯機〟などの便利道具なんてない。洗濯一つ取っても、洗濯板でゴシゴシする完全な力仕事なのだ。俺、こっちの世界に来て初めて洗濯板なる物の実物を見たよ。

それを毎日毎日欠かさず行っているのだから、ホントにお母様には頭が下がります。

俺もオカンの隣にしゃがむと、空いている洗濯板を使って洗濯物をゴシゴシゴシ……

水を吸った衣服は思ったより重くて、麻で出来た服はナイロン製のシャツなんかよりずっと硬い。まだ一枚目も終わっていないというのに、額にはうっすらと汗が滲んできた。

今は暖かくなってきているからまだいいが、冬になるとこの洗濯の作業は地獄だ。せめて、もっと簡単に洗濯が出来れば、オカンもずっと楽になるのだが……と、そう思った時……

俺の中で何かが、キュピピピーーーン！　と閃いた。

扇風機、そして洗濯機。

どちらも〝回転する〟という本質は同じものだ。回転しているものが、空気か水の違いでしかない。なら、竜巻魔術陣の技術を応用して、両方作ることが出来るのではないだろうか？

思い立ったが吉日。俺はこの日から早速、扇風機と洗濯機の開発に着手したのだった。

一四話　試行錯誤

いきなり一〇〇点満点のものを作ろうとするのは無理がある。そんなことをすれば、あっちこっちで無理が祟って結局は挫折することになるからだ。なので、試作機の目標は三〇点くらいを目指そうと思う。

その後、必要な機能を追加したり改良していけばいい。当面の目標は、空気と水を自由に回せるようにすることだな。

と、いう訳で翌日……

俺は今、赤本に載ってるサンプルから使えそうな構文がないか、資料とにらめっこの真っ最中だった。

場所は神父様の書庫。今日は平日で、今は読み書きの勉強の真っ最中だがなっ！　これでもあれやこれやで忙しい身なので、まとまった時間を魔術陣の研究に回すことが出来なかった俺は、そのことを神父様に相談したのだ。

そしたら、〝キミはもう読み書きに関して、勉強することもないでしょう。読み書きの勉強の時間を、キミが学びたいことを勉強する時間にしてはどうですか？　場所は、私の書庫を使うと良いでしょう。シスターには私から話しておきますよ〟と、言ってくれたのだ。

神父様の口添えもあって、シスター・エリーも渋々ではあったが了承してくれた。シスター・エリーは真面目だからなぁ……内心ではどう思っていることやら。ちょっと怖いな。

ただし、それ以外の算術や聖教学、剣術の授業はきちんと出るようにと、シスター・エリーから念を押されている。もし、他をサボるようだったら、例外は認めないとも言われてしまった。そんなこんなで、こうして平日の朝から魔術陣の研究――というか、解析作業だな――を行うことが出来るようになった訳だ。

が、作業は思った以上に難航した。今、俺が作ろうとしている二つの物、扇風機と洗濯機だが、機構は似ていてもそれぞれに抱えている問題点が違うのだ。

まず、扇風機の方の課題は、マナを保持させる方法だ。

エーベンハルト氏が作った魔術陣は、マナを瞬間的に運用するタイプの構文が多用されていた。要は、使う前にチャージして、溜まったら即起動、チャージしたマナが切れるまで起動し続ける、という回路が主体なのだ。先に、マナをどこかにチャージしておいてから、必要に応じて魔術を０

N・OFFする、という持続的な運用は考えていないらしい。

次に、洗濯機の方の課題は、水を制御する方法だ。

風を制御したり、熱を制御したりする構文はいくつかあったのだが、水に関するものだけはサンプルの中から見つけることが出来なかった。となれば……

資料の方から、該当するコマンドを探すしかない。探すしかない……のだが、一ページに付き約五〇個程度のコマンドが載っていて、それがおよそ一〇〇ページ程に亘って綴られているのだ。

しかも、あいうえお順というのか、字並びなどの順番を一切無視した配列で書かれてる上、機能もバラバラ。まさに思いつくまま片っ端から書き出したようで、欲しい機能のコマンドを一つ探すだけで一苦労だ。ちなみに、赤本に載っている魔術陣に使われているコマンドは、資料の初めの方にまとまっていたので探すのに苦労はしなかった。

パソコンのソート機能とか、マジ天使だったんだな……検索機能とかマジ欲しいです。結局初日は、マニュアルとのにらめっこだけで時間は過ぎてしまった。


魔術陣解析作業、二日目。

魔術陣は、その効果を及ぼす対象を指定しなくてはいけない。

風を操りたいなら〝空気〟を、水を操りたいなら〝水〟を……というようにだ。では、硬化魔術陣はどういう指定をしていたのだろうか？

俺は、初めて魔術陣起動実験に成功した日のことを、思い出していた。

確かにあの硬化魔術陣は、地面をカチンコチンにして成功した。しかし、あの中には〝地面〟や〝砂〟〝土〟といった、効果を及ぼす先を指定するコマンドは入っていなかったような気がするのだ……

という訳で、赤本の硬化魔術陣のページを開いて回路を追いかけてみると、面白いことが分かった。

硬化魔術陣の対象の指定は、〝魔術陣が刻まれているもの〟となっていたのだ。

なるほど、単体を対象に取らなくても、魔術陣そのものを対象の指定に使うことが出来るのか……

俺は物は試しと、一度外に出て適当な大きさ……大体一〇センチメートルくらいの石に極々簡単な魔術陣を書いてみた。完成した自作の魔術陣に指を当て、マナをチャージ。

魔術陣が小さい所為もあって、マナは二～三秒でチャージ完了となり、俺は石を地面へと放り投げた。

すると……

ギュルルルルル!!

すごい勢いで、石は回転を始めた。

あっ、俺これ見たことあるわ、たしかベイブレ……げふんっ。なんだか、二つ用意してぶつけ合ったら面白そうな物が出来たな。

そう。俺が書いた魔術陣の内容は至って簡単。

マナ吸収用の回路に、ただ〝回る〟という命令を追加しただけだ。勿論、回転の方向や速度の指定はしているがな。

俺がギュルギュル回転している石をじっと見つめること数秒……

石は、何事もなかったかのようにそっと動きを止めた。その時、俺の頭の中で何かがカチリとはまる音がした、ような気がした。

「っ⁉」

キュピーーーン‼

そうか、その手があったかっ！

俺は魔術陣に、魔術というものに拘《こだわ》り過ぎていたようだな。もっと簡単に、シンプルに考えれば良かったのだ。俺が思いついたことというのは、ずばり〝モーター〟だ。

俺は今までずっと、〝扇風機は風を操って作ろう〟〝洗濯機は水を操って作ろう〟と考えていた。

しかし、何も直接水や風を操る必要はないのだ。機械的に間接的に操作をしてしまえばいい。日本の扇風機や洗濯機のように……

つまり、今の石に〝羽〟を付ければ風は起こせるし、形を少し変えて水の中に放り込めば水流が発生する、という訳だ。

うっし!! これで当面の方向性は決まったな。直接干渉方式ではなく間接干渉方式の方向で、研究を進めることにしよう。


魔術陣解析作業、三日目。

………あった。

三日目にして、俺はようやくお目当てのコマンドを見つけ出すことが出来た。というか見つけてしまった……

俺がなんとなく、資料をペラペラと捲っていたら、その一文がたまたま目に入ったのだ。俺が見つけたのは〝水〟を意味するコマンドだった。これで直接水を操作することが出来る……出来るのだが……

なんだろう……この胸の内に広がる、やるせない敗北感のようなものは?

チクショー! 俺の閃き返せやゴラァ!!

まぁ、あれはあれで利用方法もありそうだから良しとするか……

それにあれを、魔力で動く独楽《こま》〝超魔動ゴマ〟とかいってグライブたちにくれてやれば喜ぶだろう。前に〝おもちゃ〟が出来たらやる、と約束してしまっているしな。

こうして、俺の研究は間接干渉方式から、再度、直接干渉方式へとシフトしたのでした。

と、まぁ、そんなことはあったが、折角見つかったコマンドだ。使わないのは勿体ない。という訳で、早速実験だ。

今回は、新たに手に入れた——見つけた、と表現した方が正確だが——コマンドの起動実験だ。

実験方法はシンプルに、桶の底に魔術陣を書いて水を入れるだけだ。

俺は外に出ると、シスターたちが掃除に使っている桶を二つ程失敬して、その一つの底の部分にパパッと簡単な魔術陣を書くと、インクが乾くのを待って、マナをチャージ。魔術陣の内容は、毎度お馴染みのマナ吸収用の回路に水を回転させる命令を追加しただけだ。竜巻魔術陣の水版だな。

チャージが完了したところで、もう一つの別の桶に用意しておいた水を魔術陣を書いた方の桶へと移した。すると、水は何もしていないのに勝手にクルクルと回転を始めた。

うむうむ、これで水流の速度を上げれば立派に洗濯機としての役目を果たすことが出来るだろう。

今回はあくまで実験ということで、速度を落としてゆっくり回る仕様にしてある。すごい勢いでグルグル回転して、桶の中の水を撒き散らされても面倒なだけだしな。

と、思っていた矢先、クルクル回っていた水がピタリと止まってしまった。

なんだ？　マナが尽きるにはまだ早いはずだが……

何事かと思って桶の中を覗き込むと、魔術陣が水に溶けて形が崩れていた。

まぁ、なんとなく、こうなるだろうなぁ、とは思っていた。今回は実験なので別にいいや。試作機を作る時は、材料自体に彫るなりなんなりして対策をしておこう。

魔術陣解析作業、四日目。

相変わらず、マナをプールさせる方法が見つかっていない。駆動方法は確立しているが、エネルギーを保持することが出来なければあまり意味がないのだ。

現状は、いわば手回し発電機と同じような状態だった。回している間は発電するが、発電した電力を溜めておくバッテリーがない。最悪、洗濯機の方はまだいい。多少面倒ではあるが、ずっと近くに付いてマナを供給し続ければいいのだから。勿論、理想は全自動だが、今はまだ高望みをする段階ではない。

だが、扇風機の方はそうはいかない。扇風機は日々の生活を快適に過ごすための物だ。だからといって、扇風機に張り付いてばかりいたのでは、本末転倒も甚《はなは》だしい。

はてさて……どうしたものか……

困った時の神父様頼みということで、取りあえず相談してみた。

「ふむ……そういうことでしたら、アレが参考になるかもしれませんね……」

と、神父様がどこからともなく持って来たのは、小さな箱だった。プロポーズの時にパカッとやるような、お高そうな箱だ。

神父様から受け取った箱の中には、アメジストとサファイアを足して二で割ったような色の宝石が入っていた。親指大くらい……この大きさのサファイアを日本で売ったら、車くらいなら買える額になるだろう、そんなサイズだ。

「なんですか？　これ……」

「魔石、と呼ばれている物です」

神父様の話からすると、この〝魔石〟とはファンタジーRPGによく登場するマジックアイテムみたいなものらしい。この石にはマナが蓄えられていて、魔術を使う際に自分のマナ消費を抑えるために使うアイテムなのだという。

本来は、杖の装飾品や指輪などに加工して使うとのことだった。要はマナの消費を幾分か肩代わりさせる、ってことだな。この魔石、電池としての性能が期待出来そうなので、神父様に入手方法を聞いたのだが、

「魔石は大変希少な物なので、小さな物でもかなり高額で取引されています。ですから、買い集めるというのは、無理ではないでしょうか……このサイズなら売れば一軒家くらいは建ちますし、

もっと大きければそれこそ一生遊んで暮らすことだって出来ますよ」

とのお答えが返ってきた。そりゃ小さい物でも高額になるわ！　魔石どんだけ希少なんだよっ！

っててか、神父様が持ってるソレっ！　あからさまに大きいヤツだろっ！　一体お幾ら万円すんだよその魔石っ！

採掘などで偶然発見される以外にまともな入手方法が存在せず、しかも内包しているマナを完全に消費してしまうと、無色透明のただの水晶になってしまうらしい。つまり、魔石とは消耗品。ただでさえ絶対数が少ない上に、消耗品……

そんなん価格が高騰《こうとう》するに決まってんじゃんっ！　なんでそんな参考に出来そうにない物を見せたの？　自慢なの？　自慢なんだな？

と、思ったのだが、ここからが本題だった。

神父様の話によると、魔石は魔力濃度の高い地域で産出されることが多いらしい。魔力濃度が高い地域は、俗に魔力溜まりと呼ばれていて、そういった場所がこの世界にはいくつも点在している。

そして、そんな魔力溜まりでは、ただの獣が高濃度の魔力を吸収して魔獣へと変質するため、危険地域に指定されることが多いのだとか。ラッセ村の北の森の奥が、まさにその魔力溜まりと呼ばれる場所だった。

で、ここからはあくまで神父様の仮説だが、高濃度の魔力を浴びることで獣が魔獣になるように、ただの鉱石が魔力の影響で魔石化するのではないか、ということらしい。

神父様のこの意見に、俺の中でひと筋の光明が見えた。

魔術陣を使えば、擬似的な魔石を作り出すことが出来るのではないだろうか？

と、いう訳で俺は擬似魔石〝マナバッテリー（俺命名）〟の開発に着手したのだった。


魔術陣解析作業、五日目。

俺が始めに手がけたのは、現状の魔術陣の見直しだった。

赤本に載っている魔術陣の多くは、吸収したマナを魔術陣の内側に留めるような作りをしていて、溜まったマナが一定量に達すると、尽きるまで魔術として放出する仕様になっていた。

〝鹿威し《ししおど》〟なんかがイメージとしては近いだろう。日本庭園なんかによくある竹で出来た、コンッ、てなるやつな。

あれは竹筒に次第に水が溜まり、満杯になったところでその重みで竹筒が頭を下げ、中の水がこぼれる。で、空になり軽くなった竹筒が元の位置に戻る際に石なんかを勢いよく叩いて、音を出している。

やっていること自体はこれとなんら変わらない。水が魔力で、竹筒が容量、で音を魔術に置き換えることが出来るのだ。

とすれば、だ。マナの一時プール先である魔術陣の範囲指定を解除して、溜まったマナを使用しないようにする。その上で、魔術を発動するために必要な回路を根こそぎ取り除いたらどうなるだろうか？

つまり、チャージは出来るが上限なし、溜まったマナの消費先もなし。そんな魔術陣を作ったらどうなるのか……ということで作ってみました。

今回用意したのは四種類のサンプルです。

石（小・俺の手で握れるくらいの大きさ）×二個
石（大・俺の拳くらいの大きさ）×二個
木片（小）×二個
木片（大）×二個

以上です。各二個ずつ用意したのは不測の事態に備えてのことだ。

何が起こるか分からんからな、スペアがあるに越したことはないだろう。

サンプルを材質二種・大きさ二種に分けたのは、サイズや材質で違いが出るか試したかったからだ。この四種類には同じ魔術陣が既に書かれている。

と、いう訳で実験のため俺は外に出た。

室内で変な実験をして、爆発とかしたら嫌だからな。それで何か壊そうものならシスター・エリーに説教される。

実験の方法は至って簡単。ただ、魔術陣に触って俺のマナを吸収させ続けるだけ。で、経過を観察するというものだ。

では早速……

俺は、小さい石に書かれた魔術陣へ指を押し当てた。するとすぐに指先からは、例のちりちりとした感じが伝わってきた。

おお……吸ってる吸ってる……

マナの吸収限界は既に無効化してある。しかも、溜まったマナの消費先もない。さてさて、このまま吸収させ続けると、一体どうなるのだろうか？

オラァわくわくしてきたぞっ！

………

……

…

マナを供給し続けて、一体どれくらいの時間が経っただろうか。相変わらず、魔術陣はちりちり、ちりちりと俺の指からマナを吸い上げていた。しかし、変化は突然やってきた。

バギャッ!!

「っ⁉」

……びっくりしたぁ～。突然、石がバラバラになった。しかも木っ端微塵である。

これは……あれか？　限界以上にマナを供給された所為で、触媒が耐えきれなかったのか？

エネルギー吸収型の強敵が、キャパオーバー起こして自爆……みたいな？

取りあえず、結論を出すのは後回しでいい。次の実験だ。次は木片（小）だな。

……

……

…

結果は同じだった。ものの見事にバラッバラである。ただし、石の時より爆発するまでの時間がずっと早かった。その後、石（大）、木片（大）を調べたが全て結果は同じだった。

違いがあるとすれば、爆発するまでの時間だろうか？

一番時間が掛かったのが石（大）で次に石（小）・木片（大）・木片（小）と続いた。

驚いたのは、木片（大）が石（小）より早く爆発したことだ。今回の実験で、また色々と考えさせられる結果となった。

そこで俺は一つの仮定を立ててみた。

一つは、魔術陣にマナの保存先を指定しなかった場合、魔術陣が刻まれた物体がマナの受け皿となるのではないか？　というものだ。

爆発までに掛かった時間＝《イコール》吸収したマナの総量＝《イコール》物体が耐えられなくなるマナの量、と仮定すると、木のような有機物より石のような無機物の方がマナへの耐性……というか、内包量？　容量？　的なものが高いということになるな。

取りあえず今は、この仮説を信じて次の実験に移ることにした。

次の実験はこのマナを送り込んだ石や木に、ちゃんとマナは溜まっているのか？　ということを確認するためのものだ。マナを送り込んだは良いが、穴の開いた風船よろしく、入れた傍から抜けていては意味がない。

まぁ、過剰なマナ供給で砕け散ったあたり、触媒にした物質に何かしらのストレスがかかっているのは間違いないだろうが、それが＝《イコール》マナを保持していることには繋がらないのだ。という訳で、確認用の実験魔術陣は既に地面に書き終えていた。準備は万端である。

どんな魔術陣を作ったのかというと、まずマナ吸収用の回路から〝生物〟という対象を除外した。これによって、魔術陣に触れているすべての物からマナを吸収するようになった。

そして、吸収したマナを直接光へと変換する回路を組み込んで〝マナを供給している間だけ光る〟という極々簡単な魔術陣を作った。以前、神父様が地下室で見せてくれた魔術と同じものだ。

俺が地面に書かれている魔術陣に触れると、魔術陣の一部がぼんやりと光り出した。手を離せば消える。触ると光る。離せば消える……

そんなことを何度か繰り返して、魔術陣が正常に稼動していることを確認する。俺はもう一つ用意していた同じ魔術陣に、同様のことをした。

ひと通りの確認が終わり、俺は予《あらかじ》め用意しておいたスペアを取り出した。

さっきまで使っていたサンプルは、先の実験の際に爆発四散してしまったからな。

スペアを用意しておいて正解だった。備えあれば嬉しいね、ってな。

そして俺は、右手に石（小）を、左手に木片（小）を握り、それぞれに書かれた魔術陣に指を押し当て、マナのチャージを開始した。

一……二……三……

きっかり一〇を数えたところで、両の親指をぱっと魔術陣から離した。これで供給されたマナの量は同じはずだ。それを用意した実験用の魔術陣の中央へと素早く置く。

俺の予想が正しければ、触媒に供給されたマナに反応して魔術陣が光るはずだが……

ぽわっ

おおっ！　思った通り、二つの魔術陣は淡い明かりで光り出した。そう、なんでわざわざ同じ魔術陣を二個も用意したのかといえば、比較実験をするためだ。

比べる、というのは重要なことだ。比べることで違いを理解し、新しいことに気づくことが出来るかもしれないからな。

この実験用の発光魔術陣は、発する光の強さも、時間毎に消費する魔力《マナ》量も触媒《しょくばい》に関係なく一定だ。

これによって、純粋に触媒に蓄えられている魔力《マナ》の量だけを比べることが出来るのである。

そして、蓄えられている魔力《マナ》の量は、発光時間という目に見える形となって現れる。

単純に、長く光っていた方が、より長く魔力《マナ》を保持している、ということだ。

同量の魔力《マナ》をチャージして、同量ずつ消費しているのだから、理論上発光時間は同じになるはずだが……

さてさて、石と木ではどんな違いが出るのか、今から楽しみだ。

………

……

…

なんかすごいことになった……

結果だけ先に言ってしまえば、木の方が断然長持ちした。時間にして石の二倍くらいは持ったな。

しかし、魔術陣の中央に鎮座する木片は、今は見るも無残な姿になっていた。具体的にどうなったかというと、時間と共に次第にミイラのようにシオシオになっていき、最後は原型さえ残さずにパラパラと崩れ落ちて大鋸屑《おがくず》のようになってしまった。

この様子から、俺は赤本に書かれていたことをふいに思い出した。

〝マナとは生命力である〟

木片は、当たり前だが元は生きた木だ。すべての生命にマナは宿る……つまり、まだ生きた木だった頃のマナが、木片の状態になっても残っていた、と。

強制マナ供給で、石より先に爆発したのは、ある程度マナが残留していたことによって、石より早く上限に達してしまったから？

その残留マナも、魔術陣によって根こそぎ持っていかれたことで、原型さえ残さずに崩壊した――そういうことだろうか……

まっ、まぁ、この実験で、鉱物であれ有機物であれ一時的にマナを保持出来ることが分かったことだし、木片の状態変化についてはまた今度、別途調べることにしよう。

木や石が一度チャージしたマナを、どれだけの期間保持することが出来るかは今のところ不明だが、現状、使用用途は扇風機と洗濯機だけだ。

一度のチャージで長くても一～二時間持てば十分だろう。

ということで、粗方調べ終わったところでいよいよ明日は試作機の製造の開始だ。学校も休みだし丁度いい。

一五話　超魔導洗濯機（試験機）完成！　あと、扇風機も

「で、オメェが描いたこのけったいな絵の通りに彫っていけばいいんだな？」

「うん、頼むよじぃちゃん。絶対間違えないようにね？」

「おうおうっ！　誰に向かって言ってやがる！」

俺は朝から父方の祖父母の家に来ていた。

親父が結婚して俺が生まれてからは、じーさんは畑の作業を親父に譲り、農作業からは引退。で、今は以前から趣味で手を出していた木工業を本格的に始めた。

村の産業の一つに林業があり、間伐材などを使って家具や日用雑貨を作っているのだ。これがまた、出来がいい、と村では評判だったりする。

そんなじーさんの家に、なぜ俺がお邪魔しているかというと、勿論、扇風機と洗濯機の試作品を作るために他ならない。木工作業をするなら、じーさんを頼るのが一番なのである。

今は、洗濯機の本体部分の製作をしているところで、俺は木材の廃材を並べてそこに魔術陣の下書きを書き込んで、じーさんにその下書きに沿って魔術陣を彫ってもらっているのだ。

先日の実験で、インクを使った魔術陣では水と相性が悪いことが分かっているので、こうやって木材に直《じか》に彫ることにした。俺がやっては綺麗に彫れないし、時間ばっかり消費してしまうと思ったので、木工職人であるじーさんに救援を求めることにしたのだ。

流石は職人。俺が下書きを書く以上の速度で、どんどん彫り進んでいる……スゲー。

今回、洗濯機の試作機を作るに当たり、俺なりに色々と工夫を施してみた。

まず魔術陣の増設だ。底面は言うに及ばず、内面の全てに魔術陣を配置した。その数五個だ。

内容自体は全て同じなのだが、多方向から同時に水流を発生させることで乱流を起こし、手揉み洗いと同じ効果を引き出せるのではないか、と期待している。一方向からの流れだけだと、どうしても洗濯物が一箇所に固まってしまうから部分的にヨゴレが落ちない所が出てきてしまうので、その対策だ。

本当は一つの魔術陣で出来れば良かったのだが、今の俺には無理なので今後の発展型に期待ってことで……

一応マナバッテリー――石に無理やりマナを押し込んだアレのことだ――に対応した設計になっているが、うまく起動するかどうかは実際に動かしてみないことには何とも言えんな。

次に、今作っている試作洗濯機はなんと二層式だっ！　そうっ！　この洗濯機、脱水機を完備しておりますあの無駄かと思われたベイブ○ード技術を改良して脱水機にしてみました。思わぬ副産物に生まれ変わったものである。

今回一番頭を捻ったのが、動力用の魔術陣と駆動用の魔術陣を分割する、という手法を採用したことだろう。

従来の魔術陣だと、動力系と駆動系が同居していた。これでは、洗濯層の中にいちいち手を突っ込んで、一つ一つの魔術陣にマナを供給しなくてはならない。それは流石に面倒なので、水流を起こす駆動用の魔術陣と、マナを供給する動力系の魔術陣を分けることにしたのだ。

これで、動力系だけ本体の外に設置し、本体内部の駆動系と連結すれば手間なくマナを駆動系の魔術陣へ送ることが出来る、という寸法である。簡単に言えばモーターと電源を別々にしましたよ、ってだけのことだ。

まぁ、うまく行けば……の話だがな。

朝から始めたこの作業も、昼を迎える頃にはすっかり形が出来上がっていた。外見はまんま、昭和の二層式洗濯機そのものだ。まぁ、デザインしたのが俺だから仕方ないね。

色はシックに黒。落ち着いたインテリアとしての佇《たたず》まいを演出して見ました。と、言うのは冗談で、表面をコーティングしている黒い物体は強度補強用、尚且つ水漏れ対策のためのものだ。

材質は主に石だ。それを粉末になるまで砕いて、松脂《まつやに》の性質によく似た樹液で溶いて塗布した。これは洗濯機の内外問わず満遍《まんべん》なく塗ってある。

このコーティングによって、木材のみの時より強度が格段に上がる。魔術陣は隠れてしまうが、特に問題はない。魔術陣の効果は、多少の厚みなら無視をして作用することは確認済みだ。

むしろ、水や洗濯物との摩擦で魔術陣が削り取られないように、保護する目的も含まれている。強度を上げるだけなら、あの硬化の魔術陣を使えばいいだけなのだが、試作機ということで余計な機能は極力省くことにした。まずはシンプルに、だ。改造、改良はその後でも遅くはない。

余談だが、魔術陣の効果は布程度では遮断出来ないことが分かっている。布で魔術陣を覆って、魔術の発動を制限出来たのは、偏《ひとえ》にエーベンハルト氏の安全装置のお陰だった。マナ吸収用の回路に組み込まれていた〝対象：生物〟の一文、あれの効果によって〝生物が直接接触している場合のみ〟というセーフティーが掛かっていたのだ。

だから俺が作った〝対象無差別型〟の魔術陣だと、布で包んだ程度では余裕でマナを吸収できた。正直、セーフティなんていらねぇんじゃね？　とか思っていたのだが、地味なところで必要性を認識させせられることになった。

そういえば、まだこの洗濯機に名前を付けてなかったな……

そのまま〝洗濯機〟では味気ないので〝超魔動洗濯機〟とでも名付けようっ！　〝魔動〟とは、

魔力で動く、の略なっ！　何が〝超〟なのか俺にもよく分からんが、なんかカッコイクね？

取りあえず、今は塗料の乾燥待ちなので、時間も丁度いいと昼食にすることになった。

今日の昼食は、ばーさん特製のグラタンっぽい何かだった。


昼飯を食い終わった後、腹ごなしにじーさんとリバーシで対局をしたが、全戦全勝、俺の完全勝利に終わった。

なんと今、うちの妹たち及びミーシャ、タニアの口コミによって、村は空前のリバーシブームに沸いている。お陰で、あれから二〇セット程追加で作らされるはめになった。そういえば、村長が近々村を挙げての大会を開くとかぬかしていたような気が……まぁ、それは別にどうでもいいか。

と、遊んでいるうちに乾燥も進み、取りあえず試運転をしてみることになった。ちゃんと動くかどうか……ちょっと不安だ。

ちなみに、扇風機の方はソッコーで完成している。あれは割りと簡単に出来たな。うん。


試運転を無事に済ませ、特に異常らしい異常もなかったことを確認した上で、いざ実演だ。で、実演をするに当たって、今回は豪華ゲストを二名お呼びしました。

我が母プレシア・マクガレオス夫人と、我が祖母ロザリア・マクガレオス夫人ですっ！

はい、拍手っ！　パチパチパチパチっ！

「ロディ？　見せたいものって何かしら？　お母さん、ちょっと忙しいんだけど……」

「あらあら……私もしなくちゃいけないことがあるのだけどねぇ……」

まぁぁまぁぁまぁっ！　損はさせませんので見てってくださいよぉ！

必ずや奥様方のお眼鏡に適《かな》う商品でございますです。はい。ってな訳で、早速実演だ。

「まぁぁまぁ、取りあえずコレを見てよ」

「なぁに？　この黒い箱は？」

「朝からディグと一緒に作っていた物ね？　何に使う物かしら？」

ディグというのは、じーさんの通称だ。本名はディランド・マクガレオスという。

「これは洗濯をお手軽にしてくれる道具ですっ！　その名も〝二層式洗濯機〟ですっ！」

「にそーしき？」

「洗濯……き？」

「まぁ、ちょっと見ててよ」

頭にハテナマークが浮かんでいる二人に、俺は二層式洗濯機の使い方のレクチャーを始めた。

「まず、洗濯物を用意します」

これは、さっきまで俺とじーさんが作業中に着ていた上着だ。別に何でも良かったのだが、手近な物を使うことにした。

「これを専用の竹籠《たけかご》に入れます」

俺は持っていた洗濯物を、足元に置いておいた竹籠へとぶち込んだ。

「そしたら、竹籠ごと洗濯層の方に入れます」

籠を持った俺を、じーさんが持ち上げて、籠を何とか洗濯機にセットする。じーさんがセットすれば良かったような気もするが……まぁいい。

「そして、洗濯層に水を半分程入れます」

予め用意しておいた桶から、バシャバシャと洗濯機へ水を注ぐ。用意した分では足りなかったので、追加で二〜三杯分を水瓶に取りに行くはめになってしまった。これだけで、結構な重労働だった。

「はぁ……はぁ……水が入ったら、蓋をします」

バコン
と俺は、洗濯機の蓋を閉めた。

「そうしたら、ここの石版に手を置きます。初めは、マナを……魔力を吸収される感覚に慣れないかもしれませんが、ちょっとだけ我慢してください。で、魔力を吸収されている感覚がなくなるまで、離してはダメです」

マナという表現は、俺や神父様には通じるが、一般的には魔力で通っているので、人に説明する時は魔力と表現するようにしている。まぁ、どっちも指しているもの自体は同じな訳だしな。

で、大体一〇秒くらいで、マナを吸収されるあのチリチリとした感覚はなくなった。マナの供給が終わったのだ。今回難しかったところナンバー2はこのマナ供給システムだった。供給過多なら爆発、不足だと機能不全を引き起こすため、いい塩梅《あんばい》を見つけ出すのに苦労したものだ。

「マナの供給が終わったら、手を離して洗濯機が止まるのを待ちます。大体二〇～三〇分くらいで終わります」

〝本当にそんなことで、洗濯が出来ているの？〟と言う我が母に、俺は稼動中の洗濯機の蓋を外して中を見てもらうことにした。まぁ、その気持ちは分からなくもない。なにせ家電の洗濯機と違い、モーターどころか稼動部を一切持っていないのだ。

蓋をしたままだと、静か過ぎて動いているのかどうか怪しく思えてくるくらい静かだからな、この洗濯機。

現代日本の集合住宅なら、バカ売れ間違いなしだろう。だって深夜に洗濯しても音が出ないんだから、隣近所から文句を言われることもないのだ。

百聞は一見に如《し》かず、ということで、パカッと蓋を開けた箱の中では、水流が濁流のようにうねり、籠の中の衣類を揉みくちゃにしていた。

「……なにこれ？　なんで桶の中の水が動いているのかしら？」

「あらあら」

二人は洗濯機の内部を覗き込むと、感嘆の声を上げ見入っていた。しかし、このまま洗濯機が止まるのを待っている訳にもいかないので、ここいらで中断だ。

「で、途中なんだけど次の工程へ行きます」

俺はじーさんに吊るされながら、洗濯層の中で水流に乗ってクルクル回っている竹籠をキャッチすると、そのままスポッと引き抜……けなかった。あかん。水入っててクッソ重いわ。という訳でじーさんとチェンジ。

じーさんはいともあっさりと竹籠を抜くと、軽く水を切って脱水機へシュート。洗濯機と同じようにマナを供給すると、脱水機の中の籠がスゲー速さで回転を始めた。勿論、脱水機の方にも蓋はあるが、今回は中の様子を見てもらうため敢えて閉めなかった。

ちなみに、この洗濯機に濯《すす》ぎの機能は付けていない。というのも、水は大変貴重なため、濯ぎに回す分を確保するのが大変なのだ。通常、濯ぎには洗った時に使った以上の水が必要になる。上水道などないこの世界では、その日に使う水を用意するだけでも一苦労だからな。節水だ。

「……なんだか、じっと見てると目が回りそうね」

「あらあらあら」

脱水の途中だったが、俺はプールされているマナをリジェクトキーによって強制排出。エネルギーのなくなった洗濯機は静かにその動きを止めた。所謂、非常停止ボタンだな。回転物だから、いざって時、緊急停止出来ないと危ないんだよなぁ。

で、途中ではあったが、脱水機にかけた衣類を二人に渡した。

「えっ⁉　なんでこんなに水分がなくなっているの⁉　絞っても水が出てこないわよ！」

「あらあらあらあら～」

一頻《ひとしき》り二人が〝なんでどうして〟と〝あらあらあら〟の大合唱をした後で、俺は本題を切り出した。

「で、実は二人にはこの洗濯機のモニターをやってもらいたいんだよ」

「もに……？　ロディ、それは何なの？」

「要は、これを使ってもらって〝もっとこういう機能が欲しい〟とか〝ここが使い難《にく》い〟とか……そういうご意見、ご感想を聞きたいんだ。で、それを参考にもっと良いものに改良しようと思ってね」

これはあくまで試験機なのだ。思った以上に出来が良いが、試験機は試験機。

実際に使ってもらった上で、意見を言ってもらい、更にワンランク上のグレードの商品開発に役立てるっ！　お客様満足度ナンバー1を目指すのだっ！

洗濯機は二台製作していたので、一台はじーさんの家に置いて、もう一台はお持ち帰りでママンに使ってもらう。所詮は木だけで作った箱だから、軽いっちゃー軽いが、それでも持ち運ぶとなるとちょっと重い。なので帰りはじーさんに馬車……ならぬ牛車……ならぬヤム車――ってかもう、こいつ牛でいいんじゃないだろうか？　鳴き声も、モウォ～だしな――を使って家まで運んでもらうことになった。

で、道中……

「ねぇ、ロディ？　神父様から借りてる本には〝あんな物〟の作り方も載っていたりするのかしら？」

「えっ……あぁ、まぁ……うん」

「そう。神父様ってやっぱりすごいのね。きっと都会には、ああいった物が沢山あるのでしょうね。すごいわ」

違うよママン……都会に行っても洗濯機はきっとないよ。

俺は魔術陣について、細かいことを周りの人間に話していない。というか話しても理解してもらえないと分かったので、説明することを止めたのだ。

だが、不思議なものは不思議らしく、〝そんなことどこで知ったんだ？〟みたいな質問をしばしば受けた。

実際、リバーシを作った時は結構な質問攻めにあったものだ。そんな時、俺は決まってこう答えるようにしていた。

〝神父様から借りた本に載っていた〟……と。

村の人間は、神父様のことを都会育ちのハイカラ者（表現が古いか？）だと思っている。なんでも王都に住んでいたことがあるらしいので、あながち間違いではないが、こう……何というか、都会に対する間違った羨望《せんぼう》のようなものを、村の連中は持っているんだよなぁ。無駄に東京に憧れる田舎の若者……みたいな感じだろうか？

その所為か、〝神父様〟〝本〟この二つのキーワードが並ぶと、どんな不可解なものであってても〝へぇ～そうなんだ。きっと、都会ではこれが普通なのだろう〟と、勝手に認識するらしい。都合がいいので、取りあえずそのままにしている。いちいち訂正して回るのメンドイしな。

それに〝魔術〟という存在もかなり影響しているのだと思う。多少不可思議なことがあったとしても、そもそも手から火だの風だのを起こせる世界だ。そういった〝不思議なこと〟に対する許容が広いのだろう。

まぁ、何しても俺にはありがたい話である。

家に着き、洗濯機を水瓶の近くにセット。

ここは物干し台のある場所から少し遠い。だが、洗濯機を物干し台の近くに設置して、毎回重たい水を運ぶよりは、洗い終わった洗濯物を物干し台まで運んだ方が楽だろう、という俺なりの配慮だ。

基本、木製である洗濯機は思いの外軽いので、中に水が入っていないと風で倒れる恐れがある。なのでロープと杭《ペグ》でしっかりと固定しておく。

じーさんは洗濯機の設置が完了すると、意気揚々と家へと入ってレティとアーリーに構うだけ構って帰っていった。さてはじーさん、これが本命だったな？

そして夕食時……

「ロディフィス、お前また変なの作ったらしいな？」

「変なのとは失敬な。歴とした実用性のある道具ですぅ～。洗濯が（たぶん）楽になるすごい物なんですぅ～」

「ホント、この前の〝オモチャ〟といい、この〝ランプ〟といい……どこでこんな物の作り方を知ってくるのやら……」

親父が、やれやれだぜ……と言いたげな顔で呟いた。おいおい、別に悪いことはしてないだろ？

親父が言う〝オモチャ〟とは、勿論リバーシのことだ。で、〝ランプ〟というのは、脱水機構に続いて洗濯機の製造過程で生まれた副産物その二のことだった。

別に狙っていた訳じゃない。初めはただの思いつきだったのだ。マナ持続試験の時に作った光を発する魔術陣を、マナ吸収用魔術陣だけが書かれた石の、別の場所に書いてみたらどうなるのだろうか……と。

その結果が、今我が家の食卓を照らしている訳だ。魔術の起動回路のみの魔術陣と、マナ吸収のみの回路を別々に書いても、起動回路にマナが供給される環境が整っていれば、起動回路は単体でも起動することを、この時に確認出来た。

この発見により、洗濯機の動力部と駆動部を分離させるという発想が生まれたのだ。

まぁ、オカンは〝ランプ用の油代が丸々浮いた〟と単純に大喜びしていたがな。

洗濯機に関しては、明日からオカンに実際に使ってもらって、その意見を参考に改修箇所の洗い出しをして……来週あたりに改修、で完成ってところだろう。

扇風機の方は……まだ、使う程気温も上がっていないので、実際に活躍するのはもうちょっと先かな。

一六話　プレシア・マクガレオスの一日

私、プレシア・マクガレオスの朝は、いつだって家族の朝食を用意することから始まる。

メニューはいつも代わり映えしないけれど、それでも毎朝用意するとなるとそれなりに大変だ。

準備が整い、テーブルの上に料理が並んだところで、寝坊助《ねぼすけ》な子どもたちに声を掛ける。

旦那は私が目覚めた時に一緒に起きてくるのだが、ただ椅子に座って待っているだけで、別に朝食の準備を手伝ってくれる訳でもない……気の利かない男だ。

程なくして、ダダダダダッとすごい足音を響かせて部屋へとやってきたのは、下の子のレティとアーリーだった。

この子たちは、たとえどんなに熟睡していたとしても、〝ごはん〟と聞いただけで飛び起きてくる。

寝起きが良いのは良いことなのだけれど、この意地汚さは誰に似てしまったのか……

二人とも女の子なのだから、少しはお淑《しと》やかに育って欲しいと思うのだけど、親の心子知らず、とはこのことね。

長男であるロディは、最近、聖王教学校へと通うようになったので、その準備で少しだけ遅れてくるのがお決まりになってしまっている。

そして、ロディが姿を現したところで、みんなで祈りの言葉を口にして、朝食となる。

ロディは本当に良く妹たちの世話をしてくれるので、私はとても助かっている。

今も、アーリーの汚れた口元をせっせと拭いてくれている。

出来たお兄ちゃんだ。

そんな子どもたちの姿を見て、私は小さく微笑んだ。

それは、慎ましいながらも幸せを感じられる光景だった。


「んじゃ、行ってきまぁ～す」

「はい、気をつけていってらっしゃい」

「んじゃ、行くぞミーシャ」

「うんっ！」

朝食が終わると、私はいつものように、ロディとミーシャちゃんが教会へと行くのを、玄関から手を振って見送った。仲良く手を繋いで歩いていく二人の後姿は、見ていて本当に微笑ましく思うわ。

あの二人はいつでも仲良しで、でも、タニアちゃんとも仲良しで……というか、ロディは基本女の子とは誰とでも仲が良いのよね。

男の子と遊んでるところなんて、グライブ君以外見たことないし……あの人の子どもだからね、きっと。もう嫌になるわね。

優しいのはいいことなのだけれど、女にだらしない男にだけは育って欲しくない。その所為で、私がどれだけやきもきしてきたことか……

「おかーさーんっ！　あそぼぉ！」

「あそぶぅ！　あそぶぅ！」

「はいはい。ちょっと待っててね」

そんなことを考えていたら、いつの間にか下の子たちが私のスカートにしがみ付いていることに気がついた。ロディが聖王教学校に通い始めるまでは、二人の面倒は基本ロディが見てくれていたのだけど、小さい子の相手をするというのがこんなに大変だとは、今まで気づきもしなかったわ。

ロディはすごく大人しくて、全然手が掛からなかったものだから。

ぐずることもほとんどなく、夜泣きもしない。あまりに大人し過ぎるものだから、初めは〝何かの病気かもしれない〟と不安に思ったものだけれど、その不安もロディが大きくなるに連れてなくなっていた。

ロディは……何というか、大変好奇心が旺盛で何でも知りたがる子だった。

本が読みたいから字を覚えたい。

そう言い出したあの日の衝撃は、今でも忘れることが出来ないでいる。だって、三歳の子どもが言ったことよっ！　私なら、人から言われたらまず信じられないわね。ただ〝あっ、この人は親バカなんだなぁ～〟と、冷めた目で見る程度よ。

最初は〝大きくなったら学校で教えてもらえるから〟とお茶を濁《にご》していたのだけど、あまりにせがむものだから、試しに教え始めたら……あっという間に覚えてしまったわ。

普通なら、天才だなんだと褒めるところなのかもしれないけど、私もロランドもそんな気にはとてもなれなかったの。だって、私とロランドの子よ？　そんなに頭が良い訳ないじゃない。何かの間違いか、もしくはトカゲがドラクルを生んだのか……

褒める以前に、不可解でしょうがなかったわ。特に神父様の所へ入り浸るようになった最近は、見たことも聞いたこともない物を作り始めているし……

しかも、昨日は父さんまで巻き込んで何か作っていたようだったわね。あの箱、なんて言ったかしら？

洗濯がどーのって……

「あっ⁉　そうだ、洗濯しなくちゃ！　ごめんね。お母さん、ちょっとやることがあるから二人は先にお部屋で待っててくれるかしら？」

「あいっ！」

「あ～いっ！」

私の言葉にレティとアーリーは元気良く返事をすると、タタタタッと二人して子ども部屋へと向かって走っていった。ロディが聖王教学校に通い始めの頃は、それはもう毎日〝おにいちゃんがいない〟と大暴れして大変だったのだけど、最近では慣れてきたのか、随分と大人しくなってくれていた。ロディが新しいおもちゃを作ってからは特に静かだ。

あの子たちって、ホントお兄ちゃん大好きなのよねぇ～。二人してロディにばかり張り付いているものだから、ロランドがたまに拗ねて〝俺の娘が取られたぁ～〟なんて言って私に抱き着いて……

「あっ⁉　だから洗濯洗濯洗濯……」

朝はやることが特に多い。こんな物思いにふけっている場合じゃないわよね。

「えぇ～っと……確か……」

私は洗濯物をまとめると、例の黒い箱――確か〝洗濯き〟とかいう名前だったかしら？――の前までやって来て、昨日のロディの説明を思い出す。

「まずは蓋を開けて……籠ごと中に入れれば良かったのよね？」

私は、洗濯物の詰まった籠を〝洗濯き〟の中に入れた。

「で、水を半分くらい入れる、と」

ロディが瓶の近くに置いてくれたお陰で、水を入れる作業はすぐに済んだ。いつもなら洗濯用の大きな桶に水を張るだけでも、一苦労だもの。

「それから……あっ！　そうそう！　コロムの実を一つ、つぶして入れるのよね。その方が綺麗になるって、ロディが言っていたわね……」

普段は体を洗う時くらいしか使わないコロムの実を一つ持ってくると、私は軽く握ってそのまま箱の中に放り入れた。

「で、蓋をして……確か、ここ、だったわよね？」

〝洗濯をする時は、ここに手を当ててください〟、そう書かれた場所に、私は手を当てる。すると、じりじりと、あの魔術を使う時と同じ感覚が手の平に伝わってきた。

私自身は魔術なんて使っていないのに、体の中から何かを勝手に引っ張り出されていくようで、なんだか変な感じがする。

少しすると、じりじりとした感覚は消えてなくなった。そして箱の中からは、ちゃぷんちゃぷんと水の揺れている音が聞こえてくる。動いては……いるらしい。

これでいいのかしら？　ロディは一度動き出したらしばらくは止まらないと言っていた。その間は放っておけばいいらしいのだけど……本当に、こんなので洗濯が出来ているのかしら？

「おかぁ～さぁ～～んっ！　まぁ～だぁ～！」

「まぁ～だぁ～！」

あら、いけない。娘たちを待たせているんだった。ほっとくと何をしでかすか分からない子たちだから、早く戻りましょう！

多少後ろ髪を引かれる思いはあったけど、今は娘たちの方が怖い。私は少し急ぎ足で、娘たちの下へと向かうことにした。


あれから少し時間が経った。

娘たちの相手をしてから家の掃除をしていたら、娘たちの姿が見当たらなくなっていた。たぶん、外に遊びにでも行ったんだと思う。いつものことね。お腹が空いた頃には帰って来るでしょう……

その間に、私は洗濯物の様子を見に行くことにした。


蓋を開けると、水はピタリと止まっていた。まぁ、それが普通なのだけどね。

私は、箱の中から籠を取り出すと、ざっざっと軽く水気を切ってから隣の箱の中へ籠を入れる。

そして、先ほどと同じような手順で箱を操作すると、中からゴロゴロゴロゴロと何かが転がるような音が聞こえてきた。

よし。ちゃんと出来ているようね。こっちは、さっきと違って終わるのが早いとロディは言っていたから、この場で止まるのを待つことにしよう。


少しして音が聞こえなくなった。止まったようだ。

蓋を開けて、中を確かめると、確かに止まっていた。いや、だからそれが普通なんだってば。

私は、よいしょっと、中から籠を引っ張り出す。今のはちょっとおばさんぽかったかしら？　次からは気をつけようっと。

そして、試しに洗濯物を一つ取り出してみた。

「……なにこれ？」

びっくりするぐらい綺麗になっていた。しかも、洗濯物はさっきまで水に浸かっていたとは思えない程水気が飛んでいる。これはもうほとんど乾いているようなものだ。これならいつもの半分以下の時間で乾くんじゃないかしら？

「はぁ～……やっぱり〝都会〟ってすごいのねぇ……」

油を使わないランプだとか、この〝洗濯き〟とか……便利な物がいっぱいあるわねぇ。

一度でいいから王都に行ってみたいものね。きっと素敵な所なんだろうなぁ～。

洗濯物をさっさと干したら、一休み。お昼にはまだ時間があるから、それまではゆっくりしていましょう。と、そう思っていたら……

「シア～、いる～？」

玄関からノーラの声が聞こえてきた。

「いるわよ～っ！」

別に迎えに行くこともない。いることが分かれば、いつだって勝手に入って来るのだから。

私は返事をすると同時に、お茶の準備を始めた。この時間帯にノーラが家に来ることは、珍しくも何ともない。

互いにこの時間帯は、手持ち無沙汰で空くことが多いのだ。そんな時は、こうやってお茶とおしゃべりで時間を使うのが日課のようになってしまっている。

「ちょっと聞いてよっ！　ウチの旦那がさぁ～……」

「はいはい……今、お茶の準備をしてるから……って、取りあえず椅子に座ってから話したら？」

この村で育った同年代の者は、言ってしまえばみんな兄弟姉妹のようなものだった。私とノーラもご多分に漏れずそんな関係だ。歳はノーラの方が二つ上なので、姉妹なら彼女が姉に当たる。

その話をすると、いつだってノーラは耳を塞いで〝歳の話はしないでっ‼〟と言うのがお決まりになっていた。たった二つしか違わないというのに、気にし過ぎよ。

「……ってことがあったのよ！」

「別にいいじゃないそれくらい……ロランドなんて未だにカッツェに会うと色目使おうとするのよ？　自分の妻の前でっ！　人妻によ？　もう、信じられないわよっ！　まったくっ！」

「……で、話も一区切りついたところで……さっきから気になっていたことがあるんだけどいい？」

「何？」

いつもの亭主批判をしていると、突然ノーラがそんなことを聞いてきた。

「アンタ何で家の中で石ころなんて吊るしてるのよ？」

「……ああ、それ？」

ノーラが気になっていた物というのは、ロディが作ったあの〝油の要らないランプ〟だった。

「それ、ランプよ」

「ランプぅ～⁉　この石ころがぁ～？　うそ～‼」

まぁ……そういう反応が返ってくるのは分かっていたけどね。ロディが初めてこれを持って来た時は私も同じようなことを言った覚えがある。

「嘘じゃないわよ。ロディが神父様の所で作った物なの。なんでも〝都会〟じゃ〝そういう物〟があるらしいわよ？　油も要らないし、明るいし、なにより家計にお優しいランプよ？」

「ちょっ！　油が要らないって……じゃあ、どうやって灯《あか》りともすのよっ、これ！」

興奮状態のノーラに、私は実際に明かりを点けるところを見せることにした。説明しろって言われても私じゃ無理だし、そっちの方が早そうだと思ったからだ。

私は、石に描かれたヘンテコな絵の所に指を当てた。あのじりじりとした感覚が少しだけあって、それからその模様がぽわっと光り出した。

「えっ!?　ちょっとこれどうなってんのよっ！　ねぇねぇねぇ！！！」

「……私が知ってる訳ないでしょ？　ロディにでも聞けば教えてくれるんじゃないかしら？」

「ちょっと！　コレ、アタシんとこにも頂戴よっ！」

「頂戴って言われても……作ったのはロディだから、あの子に聞いてよぉ。あの子ったら、最近こんな〝へんなの〟ばっかり作ってて……」

「そういえばあの〝りば……〟なんとか言うオモチャを作ったのもロディなんだって？　村長が目の色変えてハマってるらしいけど……」

「そうね……神父様から借りた本にそういうのが書いてあったらしいわよ？　昨日だって〝洗濯き〟とかいう物を作っていたし……」

「何それ？　ちょっと興味湧く名前じゃない！」

「私たちの代わりに洗濯をしてくれる箱……って言えばいいのかしら？　洗濯物を中に入れて、放っておくだけで綺麗になるのよ」

「なにそれ便利ぃ～！　ねぇ！　ちょっと見せてよそれ！」

「見せてって言われても……私もう洗濯終わっちゃったわよ？」

「大丈夫っ！　私まだだから取って来るわっ‼」

「ノーラ、あなたねぇ……ここに来てる暇があったら……」

「んじゃ、ちょっと家行って取って来るわっ！」

ノーラは人の話も聞かずに勢い良く立ち上がると、そのまま駆け出していってしまった。

まったく……ノーラってばホント昔っから、人の話を聞かないんだから。私はしぶしぶ立ち上がると、ノーラが戻って来る前に〝洗濯き〟の準備をすることにした。


「で、これがその〝せんたくき〟とかいう物なの？」

「そうよ。てゆーかノーラ……あなた一体どんだけ洗濯物溜めてるのよ……」

ノーラが抱えている籠にパンパンになるまで詰められた洗濯物を見て、私はため息を漏らした。旦那が畑で汗水流して働いているんだから、悪口言ってお茶してる時間があるなら、主婦の仕事をしなさいよ……もう。

「まぁまぁ、細かいことは気にしなぁ～いの！　ほら、うちって四人もいるじゃない？　で、どうやって使うのよこれ？」

「それを言ったら、うちなんて五人よ。大体あなたは……」

と、説教をしてやろうかと思ったのだが……あっ、これは人の話なんてまったく聞く気がない時の顔だ。おもちゃをもらった時のレティやアーリーと同じ顔をしている。

「はぁ……もういいわ。まず、この籠に洗濯物を入れるのよ。で、次に……」

私は呆れながらも、瞳を爛々《らんらん》と輝かせる子どものような顔のノーラに、〝洗濯き〟の使い方を教えていった。

「最後に、ここに手を置いて魔力を注げば、後は勝手に動くわ」

「えっ⁉　私、魔術使うの苦手なんだけど……」

「大丈夫よ。この箱が勝手に魔力を吸い取ってくれるから。あなたは何もしなくて良いわ」

「へぇ～そうなの？　んじゃ、ペタリっと……って、なんかヌルヌルするんだけど？」

「それが、魔力を使っている時の感覚よ。で、すぐに止まるからじっとしてなさい。離しちゃダメよ？」

「へぇ～い分っかりましたぁ～……あっ、変な感じがなくなったわね？」

「それじゃもう離していいわよ。で、後は止まるまで放っておくだけ」

「えっ⁉　このままで洗濯なんて出来るの？」

私がロディに言ったのと同じようなことをノーラは言った。だから、私がロディにされたように〝洗濯き〟の蓋を開けて、中の様子をノーラに見せることにした。口で説明するより見てもらった方が早いしね。

「えっ？　なっ、ナニコレェ～‼　ちょっ！　水が勝手に動いて……なんでよっ‼」

「……だから、私に聞かないでって言ってるでしょ？」

その後、ノーラは何が楽しいのか〝おおぉぉ～！〟とか言いながら、〝洗濯き〟の前から離れず、クルクル回る水をただただ眺めていたのだった。


「ねぇ……止まっちゃったわよ？」

「そうね……」

結局、ノーラは〝洗濯き〟が止まるまでずっと眺めていたのだけど、何がそんなに楽しかったのかしら？　私にはちっとも分からないわ。

で、止まったところで次は脱水だ。ノーラに指示をして、籠を隣の箱へと移し替えさせてから、同じような工程を繰り返させた。

「おおおぉぉぉ～～～、はえ～～‼」

これまた何が楽しいのかノーラは箱に張り付いて、高速でグルグル回る籠を見て子どものように喜んでいた。あんた今年で幾つよ？

それから少しして、籠は止まった。今回はノーラが〝見たい〟と言ったので蓋をせず、籠が止まるところを直接見ることが出来た。

……う〜む。

洗濯も脱水も、気づいた時には終わっていたから、出来れば〝終わったことを教えてくれると〟便利かもしれないわね。そうすれば、無駄な時間を過ごさなくても良くなるし。後で、ロディに教えてあげましょう。

「止まっちゃった……」

籠が止まると、ノーラは何故か残念そうにそう呟いた。そんなに回っているのを見るのが楽しかったのだろうか？

「はいはい。で、その籠はもう出していいわよ」

私に言われて、〝よっこらせっと！〟と何とも年寄り臭い掛け声で、ノーラは籠を〝洗濯き〟から取り出した。私もさっき同じようなことをしていたけど、傍からはこう見えるのか……ホント気をつけよ。

そして……

「ちょっと！　ちょっと！　ちょっと！　何よこれっ‼　スゲー綺麗になってるじゃないっ‼　しかも、水分が全然残ってないしっ‼」

洗濯の終わった服を一枚手に取ったノーラの第一声は、私が発したものと大体一緒だった。

その気持ちはよく分かる。

棒を使って絞るいつもの方法だと、ここまでカラカラにならないのだ。男手を借りて力いっぱい絞れば多少は水気も抜けるけど、生地が傷みやすいのでいい方法とは言えないのよね。

なのにこの〝洗濯き〟は、生地を傷めずカラッと絞ってくれる。本当にすごい。

まぁ……私は、ノーラ程テンションは高くなかったと思うけれど……

「なんでも、神父様の持っていた〝本〟に載っていた物らしいから、都会ではそれくらい普通なんじゃないの？」

「都会……すごいわね……一度行ってみたいわぁ～」

「そうねぇ～」

なんて、見たこともない都会に二人して思いを馳せていると……

「ただぁ～まぁ～！」

「まぁ～！」

玄関の方から、レティとアーリーの声が聞こえてきた。どうやら、帰ってきたようね。

あの子たちが帰って来たということは、そろそろお昼かしら？

「おかぁ～さぁ～ん！　どぉ～こぉ～？」

「どぉ～こぉ～？　どぉ～こぉ～？」

「こっちよぉー!!　お家の後ろにいるわよぉー!!」

二人して、家の中で私を探しているようなので、取りあえずどこにいるか教えてあげた。

あの二人は、パニックを起こすと色々と手が付けられなくなるのよねぇ。少ししたら、二人してトテトテと私の所まで来たのだけど……

「ちょっと！　どうしたのよあなたたち!!」

やって来た二人の姿を見て、私は驚きのあまり絶叫していた。何故かって？　それは二人とも泥《どろ》だらけになっていたんですもの!!

「「？？？」」

私の驚きなんてどこ吹く風と、二人して〝何か問題でも？〟と言いたげな顔で私のことを見上げている。一体何をしたら、ここまで泥だらけになれるのかしら……

「あ～、とにかく今着ている服を脱ぎなさい。え～っと、それから水を用意して……後は……」

「ねぇ、シア……」

私がこれからやらなければいけないことをあれこれ考えていると、横からノーラが声を掛けてきた。

正直、今はノーラの相手をしている余裕はないのだけど、彼女は徐《おもむろ》に〝洗濯き〟を指差してこう言ったのだ。

「それ、使えるんじゃない？」

………

……

…

「きゃはははっ！　おまたがスースーするっ！　くすぐったぁ～い！」

「アーリーもっ！　アーリーもぉ～やぁ～りぃ～たぁ～い～！」

「はいはい、ちょっと待っててね。すぐ終わらせるから……」

ノーラのアドバイスの下、私は全裸に剥いたレティを〝洗濯き〟に放り込んで、ぱしゃぱしゃと泥を洗い落としていた。服の方は……また明日でもいいわね。

強い水流のお陰で、体に着いた泥は見る見る落とされ、あっという間に綺麗になっていった。水流で洗い流せない、顔や髪に着いた泥だけは、私が水を掛けてせっせと流して落とす。

まだ水浴びには早い時期だけど、今日は気温が高いので風邪を引くことはないと思う。レティを手早く洗って、干していた布で拭き、これまた干していた服を着せる。下着は……まぁ、半日くら

いなしでも問題はないでしょう。それにしても……いくら今日が暖かいとはいっても、たったアレだけの短時間で乾いてしまうなんて……すごいわよね。さてさて、レティは終わったから、今度はアーリーね。

「むおおぉぉぉぉ～～!!　スースーするっ！　スースーするぅ～！」

同じ要領で、さっさともう一人の娘を丸洗い。

「……やっぱりいいわね……それ……」

いつの間にか洗い終わった洗濯物を自前の籠に移し終えたノーラが、その籠を小脇に抱えながら私の様子を見てそんなことを呟いていた。まったく、他人事《ひとごと》だと思って……

娘の丸洗いが終わった私は、二人に先に家の中で待つように言いつける。ご飯前だけはとても素直なので、二人は元気良く返事すると家の中に入って行った。

「ふぅ～……あの子たちったら、一体どこで何をしているのやら……」

まったく誰に似たのか。少なくとも私が子どもの時は、あんなお転婆ではなかったように思う。

「で、シアさんよ。ものは相談なのですがねぇ……」

ため息を一つ吐く私に、ノーラはずいっと、もの言いたげな感じで詰め寄ってきた。長い付き合いだ、何を言い出すかくらい見当が付いている。

「だから、私に言ってもしょうがないって言ってるでしょ？　そういうのは〝作った本人〟に直接頼みなさいよ……」

「ぶー、しょうがないわね。それじゃあ、ロディとっ捕まえて作らせるとしますかっ！　おっぱいの一つでも揉ませてあげれば、簡単に頷くでしょうしねっ！」

「ちょっ!!　ノーラっ！　ウチの子になんてことするつもりよっ!!」

「あら？　アンタ知らないの？　あの子ロランドと同じで、生粋《きっすい》のおっぱい大好き人間よ？　私や、教会のエンリケッタさんを見る時、おっぱいガン見してるからねぇ～。たまに飛びついてきて、頬ずりとかしてるし……」

「うそっ！　……私の前じゃそんなこと、全然……」

「そりゃ、母親の前じゃ隠すでしょうよ？　あの子も小さくっても男の子ってことよ」

「もっ、もう、あの子はぁ！　そんなヘンなところばっかりあの人に似てっ！」

「まぁまぁ……男なんて所詮、大きなおっぱいの前では等しく赤子なのよ……」

「何それっぽくまとめようとしてるのよっ！　もぉぅっ！　帰ってきたらお説教なんだからっ！」

まったく！　まったく!!　まったく！！！

ウチの男どもはどいつもこいつも、なんで胸の大きい女ばかりに目が引かれるのかっ！

私は、自分の胸元に視線を落として……すぐに逸らした。

「ただいまぁ～」

「おぉ！　噂をするとっ、てヤツかしら？」

そんな話をしていたら、丁度ロディが聖王教学校から帰ってきた。私は、つかつかと玄関へと向かうと、帰ったばかりのロディフィスを呼び止めた。彼とは少し、長いお話をしなくてはいけない用が出来てしまったようね。

「ちょっと、ロディフィス。こっちに来なさい……」

「んっ……？　〝ロディフィス〟って……あっ、かーさん裏庭にいたんだ。で、どーかしたの？あっ、もしかして洗濯機の調子が悪いとか……へぶぁっ！」

「ロディフィス……お母さん、貴方にちょっと聞きたいことがあるのだけどね……」

「ちょっ！　聞きたいのはこっちだよっ！　なんで俺いきなり殴られた……げぼらぁっ」

「自分の胸に聞いてみたら、分かるんじゃないかしら……ねぇ？」

「ちょっ！　まっ！　落ち着いてっ！　取りあえず落ち着いてくださ……いばぁん！」

………

……

…

その日、家に帰るなり俺は突然かーちゃんにボコられた……理由など知らん。

だがどうやら、俺の致したアレやコレやが何故かバレたらしい、ということだけはなんとなく分かった。

後ろの方にノーラおばさんの姿が見えたので、そのあたりから漏れたのだろうか？　しかし……どのことがバレたのだろうか？　アレだろうか？　それともあのことだろうか？　いやいや、もしかしたら……バレないようにこっそりやっていたはずなのだが。結局、ママン大魔神の怒りが収まるまで、俺はただサンドバックにされるばかりだった。

「ふぉんにちふぁ《こんにちは》、ノーラおばぁ……」

「あ゛あぁん？」

なぜか目の前に突然般若《はんにゃ》が現れた。

「……おねいふぁん《お姉さん》」

「はい、こんにちは」

そして般若は菩薩《ぼさつ》になりました。

「で、おふぇ《俺》にたのふぃ《頼み》たいこふぉ《事》ってなんでひょう《何でしょう》か？」

お母様からの説教――主に拳の――が終わったところで、ママンからノーラおば……お姉さんが俺に頼みたいことがあるらしいから、聞いてあげて欲しいと言われた。まぁ、二人が立っていた場所を考えれば、大体の察しは付くけどな……

「あのねロディ……」

やはり内容は〝ウチにも洗濯機を作って欲しい〟というものだった。しかも、何故か俺が作った照明のことも知っていて、そっちも欲しいと言われた。勿論、喜んでもらえるなら作ること自体は吝《やぶさ》かではないが、あれは試作機なので、それを人に渡すというのはどうにも抵抗があった。

前世の職業柄、自分の納得していない物を人に渡すというのが、こう……何というか……不安でたまらないのだ。後からクレームとか殺到しそうで……

クレーム怖い……休日出勤怖い……出張怖い……アフターメンテ怖い……

仕様外の改造して壊れたから修理しろって、それウチ関係ないやろぉぉぉ！

…………

はっ！　前世の悪夢がフラッシュバックを……

そんな訳で、今後改良を施した完成版を作る予定だから、それまで待って欲しいと伝えた。

「そう……分かったわ。で～も～……こぉ～んな良いものを、それまで独り占めってどうかと思うのよ？」

「はぁ～、分かったわよ……好きに使いに来ればいいでしょ……」

「やったぁ！」

なんてママンズの会話があってから三日後……

「……なんだありゃ？」

「どうしたの？　ロディくん」

「いや……あれ……」

「……うわぁ」

その日の学校帰り、俺とミーシャが自宅の近くまで来ると、何故か俺の家の周りに村人たちが群がっていた。それも、主婦ばかりが二〇～三〇人程だ。俺が指差したのは、その人だかりだった。

なんだか、とても嫌な予感しかしない光景だな。見ているばかりでは仕方ないので、俺は意を決して自宅に向かって歩き始めた。

近づくに連れ、何やら揉め事が起きているような雰囲気だが……何かあったのだろうか？

「……いえ、ですからアレはウチの息子が……私ではちょっと……あっ！　ロディ！　良かったぁ……」

なんか以前にも似たようなことがあったような……まぁいいか。

「ただいまぁ～……ねぇこれ、どうしたのかーさん？」

俺は、この状況について確認を取ろうとしたのだが……

「ロディ、丁度いいところに帰ってきたねぇ！　アレを作ったのはアンタなんだってぇ？　じゃ、とっとと直しちまっとくれよ！」

「へっ？　えっ⁉　ちょっ、まっ！」

俺は何がなんだか分からぬうちに、おばちゃんズに裏庭へと連行させられてしまった。そりゃもうエリア51で軍の職員にとっ捕まったグレイさんよろしく、両サイドをがっちり固められて、宙ぶらりんの状態で、だ。んでもって、俺が連れ去られた先で見たものはというと……

「……なんぞこれ？」

そこにあったのは……おそろしく見覚えのあるゴミの山だった。

そう、それはものの見事に大破した洗濯機の残骸だったのだ……

ちなみにこれは後から知ったことだが、ばーちゃんの家の方に置いてあった洗濯機もこの日、時を同じくして非業《ひごう》の死を迎えたらしい……

こうして、俺の試作型洗濯機一号と二号は空のお星さまとなったのだった。

一七話　村長会議

少し前の話をしよう……

そう、アレは昨日の……いや、一昨日のことだっただろうか……いや、もっと前だったかもしれない……

まぁ、この際そんなことはどうでもいい。とにかくその日、我が家の洗濯機が大破した。

これは、その一部始終を目撃した、ある主婦の目撃談を再構成したものである……

………

……

…

目撃者・プレシア・マクガレオス（主婦・二〇ン歳）。

彼女はその日、聡明にして眉目秀麗な自慢の息子・ロディフィス少年の登校を見送った後、日課の家事を行っていた。

下の双子の娘は、最近新しい遊びを覚えたらしく、朝食を終えるとすぐに外出してしまうので、作業が捗《はかど》り、ある意味助かっていた。

小さな子どもを二人だけで外出させるのは母親としてどうかとは思うが、村の中にいる限りはそんな危険もないだろうと放置しているのだとか。内心、朝一からあの子たちの相手をせずに済むと、ほっとしていることだろう。

で、家の掃除が終わりかけた頃、その人物はやって来たという。

「シア～、いるぅ～？」

それは、ご近所に住んでいるノーラ・ハインツさん（主婦・二〇ン歳）であった。

普段なら、返事をする前に入り込んでくるノーラであったが、その日は珍しいことに入ってくる気配がなかった。なのでプレシアが玄関まで迎えに行くと、そこには洗濯籠を脇に抱えたノーラの姿があったのだった。この時点で、プレシアは彼女の訪問の理由が分かったという。まぁ、だろうな。

「あら？　ノーラ？　今日は随分と早いじゃないの？」

「〝あれ〟を借りに来たのよ、あれを。あの洗濯してくれる黒い箱」

〝あれ〟とは勿論、洗濯機のことだ。先日、新しいものが出来るまで自由に使っていい、という約束をしていたので、その言葉を実行しに来たのだろう。

「どうぞ。好きに使ったら。私も洗濯はまだだから、あとでそっちに行くわね。あっ、使い方は分かるわよね？」

「ちょ、バカにしないでくれる！　分かりますよぉ～だっ！」

そう言うと、ノーラは〝べぇ～〟っと舌を出し、そして、手をひらひらさせながら家の裏手に向かっていったという。

プレシアもまた、まだ台所周りの掃除が終わっていなかったために、家の中へと戻っていった。

「そうそう、ちょっと聞いてよシア！　ここに来る途中でね、ばったりケアリーと会ったのよ。で〝なんで、洗濯籠なんて持ってうろうろしてるのよ？〟ってちょっと人を小バカにした感じで言うわけ！　アタシ、ちょっとムカッて来たもんだからさ〝シアの所に洗濯を代わりにしてくれるすごい箱があるから借りに行くんだ〟って言ってやったのよ。で、この黒い箱がどれくらいすごいか自慢してやったわ！」

台所へと戻って来たプレシアに、ノーラは洗濯機を操作しながらそう話しかけてきた。

というのも、位置関係的に、裏庭の洗濯機が置いてある場所と、プレシアが掃除していた台所は近い場所にあり、明かり取り兼換気用の窓もあるため、お互いに姿を確認出来る状態なのである。

この話を聞いた時、プレシアは少し思うことがあったらしい。一つは〝あんたが自慢することじゃないだろ？〟ということ、そして〝これは少し面倒なことになるかもしれない〟ということだった。

ケアリーという女性は、何というか〝村の情報発信基地〟のような人だ。つまりはおしゃべりな訳だ。彼女が仕入れた情報は、それこそ光の如き速さで村中を駆け巡ることとなる。ツ○ッターも真っ青な拡散速度である……

このプレシアの予感は、悲しいかな的中してしまった。ノーラが帰り、自分の家の分の洗濯が終わった頃、ぞろぞろと村の主婦さんたちが押し寄せて来たのだという。

一〇人を超えることはなかったにせよ、それでも結構な人数である。そして彼女たちは口々に言うのだ。〝代わりに洗濯してくれる箱があると聞いて来た〟と。

ノーラに貸している手前、断りにくい雰囲気ではあった。しかしそれを差し引いても、プレシア自身、この道具を独占するつもりは初めからなかった。ただ、あまり多くの人に来られても困る、という思いはあったそうだが。

（明日から、洗濯は朝一にしよ）

と、この時彼女はそう決意したのだという。

翌日……危惧していたことは現実になった。

超天才にして超絶美形な自慢の息子・ロディフィス少年が学校に行った後、それは起こった。

「シアちゃ～ん！　ちょっといいかしら～？」

いつものようにプレシアが家事をしていると、突然外から自分を呼ぶ声がした。声の感じから、ご近所のおばはんであることはすぐに分かった。なので、家事の手を止めて玄関へと向かいドアを開けると……そこには、一〇人は下らない数の主婦さんたちが、手に手に洗濯籠を持って玄関前に立っていた。

（ああ、やっぱりこうなったか……）

とは、この時のプレシアの心境をありのままに表現した言葉だ。

話を聞けば、案の定〝洗濯をしてくれる黒い箱〟つまり洗濯機を借りに来たのだという。プレシアはやって来た主婦さんたちに快く洗濯機を貸すことにした。なにせ〝こんなこともあろうかと〟、その日は朝一で洗濯を終わらせていたのだ。既に洗濯が終わっている自分にとっては何の被害もない話だ。そういうところは、彼女は実にちゃっかりしている。

で、やって来た主婦さんたちに洗濯機の使い方をレクチャーしている時に〝しまった！　出遅れたぁ～!!〟という叫びを上げてノーラがやって来たのだという。

そして、運命の日は訪れた……

「シアちゃ～ん。いるか～いっ！」

恒例になりつつある呼びかけに、若干辟易《へきえき》するものを感じながらも、プレシアが呼びかけに応じ玄関のドアを開けると……そこには、想像を絶する光景が広がっていた。

人、人、人、人……主婦が群れを成してやって来ていたのだ。その数三〇を下回ることはなかっただろうと、彼女は証言する。

（流石にちょっと……）

自分のところだけでは捌《さば》き切れないと瞬時に考えたプレシアは、義母の所にも同じものがあるからと、その場の半数近くを義母・ロザリアの元へと押しつ……誘導することにしたのだった。

（ごめんなさいっ！　ローザかあさん！　私の所だけじゃムリだからこれっ！）

群がる主婦を半分程度に減らすことは出来たが、それでも人数が人数だ。それに対して洗濯機は一台。

いくら手洗いより早いとはいえ、遅々として進まぬ順番に、誰かから〝あんたのところ洗濯物の量少ないわね？　ちょっとウチのもまとめて洗ってよ〟という言葉が出て来たのは、自然な流れだったのかもしれない。この時プレシア自身もまた〝それで早く終わるなら〟という思いもあり、特に何も言わなかったそうだ。

自分の分の洗濯が既に終わっている彼女にとっては、洗濯を早々に終わらせて、主婦さんたちにはさっさと帰って欲しいというのが本音だろうしな。

そんな訳で〝私の分も〟〝私の分も〟と次から次へと洗濯物が突っ込まれていった結果、洗濯機の中はギュウギュウのすし詰め状態になったという。それから少しでも早く終わらせようと、洗濯槽、脱水層その両方をフル稼働させ……そして、悲劇は起きた。

すし詰め状態の洗濯機を稼働させて少しした時、突然、洗濯機が異常な挙動を見せた。

ガタガタ、ゴトゴト……明らかな異音が聞こえ始めたのだという。

「ねぇねぇ？　シア。これちょっと様子がおかしいんじゃない？」

「ん〜、そうね……今までこんなことなかったし……」

そうノーラが言い出した時には、時既に遅し。〃何かしら？　どうしたのかしら？〃と主婦さんたちが見守る中、次第に本体は大きく揺れ出し、跳ね回り出したと思ったら……バーンッ！　と、大破したらしい……

飛び散る水しぶき、散らばる洗濯機の破片に吹き飛ぶ洗濯物。突然の出来事に呆然とするびしょ濡れになった主婦たち。救いはこの事故で怪我人が出なかったことだな。

………

……

…

この事案の原因など、火を見るよりも明らかだろう。単純に詰め過ぎたのだ。

洗濯槽の方はまだいい。どんなに詰め込んだところで、汚れが落ちにくくなるだけだ。だがしかし、脱水層に衣類が吸った水分が逃げる隙間がない程、ギュウギュウに物を詰めたらどうなるか……

当たり前だが、脱水機は高速で回転することにより、遠心力によって衣類から水分を除去している。普通の状態なら、何の問題もない。

しかし、これが、衣類を詰め込み過ぎた状態や、極端に水切りの悪い物が入った状態だと水分を十分に除去出来ないまま――つまりある程度の重量を持ったまま加速が進み、次第に本体の安定性が失われ――異常振動を起こす。そして、最終的には本体自体が激しい振動に耐えられず……自壊するのだ。

そう、ウチの洗濯機のようになぁっ‼

脱水機にレインコートやスキーウエアなどを入れてはいけない理由はコレだ。異常振動が始まったあたりで、内部にプールされていたマナを緊急停止ボタンでリジェクトしていれば、ここまでの惨劇になることはなかっただろう。しかし使っていたのは機械の〝き〟の字も知らない奥様方だった。そんな対応を求める方が酷というものだ。

これが今回の〝マクガレオス家洗濯機大破事件〟の顛末《てんまつ》である。

しかし、話はこれだけでは終らなかった。むしろ、ここからが問題だった……

洗濯機が大破してからというもの、一度〝洗濯機〟という利器の味を知った主婦たちから、〝我が家にも洗濯機《アレ》と同じ物を作って欲しい〟という申し出が殺到したのだ。その度に俺は借り出され、ノーラおばさんにしたのと同じ説明を何度も繰り返した。

何度も……何度も何度も何度も何度も何度も何度も何度も何度もだっ‼

もう……色々とゲシュタルト崩壊を起こし掛けそうなくらい説明した。一応、村人……というか主婦たちも、お断りの説明をした時は素直に納得して帰っていったのだが……

それ以降、俺の顔を見る度に〝おはようロディ、あれはいつ出来るんだい？〟とか〝こんにちはロディ。いつ頃あれは出来るのかしら？〟とか……おばさま方は同じようなことばかり聞いてくるようになった。

その都度俺は、にこやかな顔で（外っ面だけはなっ！）〝今、もっと質のいい物を作っているから待っていてください〟と答えて回った。正直、責《せ》っ付《つ》かれて鬱陶しいと思う反面、自分が作った物が奥様方にそこまで受け入れられているのかと思うと、うれしいやらウザイやら……何とも複雑な気持ちだ。

まぁ、生前の会社勤めの時のような、〝やって当然〟〝やれて当たり前〟といった上から押し付けてくるようなプレッシャーがないだけまだましなのだが……


更に数日後……

俺は、オカンやノーラおばさんの話を元に改良点を洗い出し、新型の洗濯機の構想を練った。必要な機能は何か？　追加する機能は？　不要だった物はないか？　考えられる誤った操作方法、そしてそれによって起こるであろう故障とその故障の回避方法は？　等々……

学校の一時間目・読み書きの時間を、俺は好きに使うことが出来たので、その時間を使ってこつこつと計画を推し進めていった。勿論、超魔道ランプ（発光魔術陣を刻んだだけのアレ）の量産化計画も平行して考えていた。

そんな日々が続く中、俺は妙な気配……というか、誰かの視線を感じるようになっていった。それは、学校へ向かう道中、それに帰り道……

学校の中でその視線を感じることはなかったが、何かが張り付くような違和感は常にあった。そして……それは起きた。

いつもと同じような朝。学校へ向かうためにミーシャと共にあぜ道を歩いていると、村の主婦――仮にAさんとしよう――が、俺に話しかけてきた。

〝おはよう、ロディ。今日もミーシャと一緒なのかい？　本当に仲が良いんだねぇ……ところで、アレはまだ出来ていないのかい？　いやね、催促をするつもりはないんだよ……ただ、あたしはねぇ、結局一度もアレを使えなかったのさぁ。その前に壊れてしまったからねぇ……みんなは、便利だった便利だったと言うんだが、話に聞くばかりでねぇ……それで、相談なんだけどねぇ？　もし良かったら、出来たアレをあたしに早めに渡してくれないかい？　いやなにっ！　抜け駆けをしようっていうんじゃなんだよぉ！　ほらっ！　あたしは結局、一度も使えなかったからねぇ！　周りの人たちは一度は使ったことがあるってのに、あたしだけないってのも不公平な話だと思わないかい？〟

そんな話をされた刹那《せつな》……一体どこに潜んでいたのか、周りからぶわっと何人もの主婦たちが現れたのだ。

〝抜け駆けしてんじゃねぇぞババァ！〟

〝出来たアレは、希望者で抽選のはず……まさか、協定を破る気？〟

〝うるせぇー！　尻の青い小娘どもがっ！　こちとらン十年も、板っきれでゴシゴシしてんだよぉ！　若いヤツが楽しようとしてんじゃねぇ！〟

〝だったら、そのままゴシゴシしてやがれっ！〟

突然飛び交う、罵詈雑言《ばりぞうごん》。響く鈍い打撃音。あまりのことに泣き出すミーシャ……なんだよこれ？

そこには世紀末で阿鼻叫喚《あびきょうかん》な風景が広がっていた。取りあえず俺は、醜い修羅《しゅら》と化して争う主婦たちを横目に、ミーシャを連れてその場を離脱したのだった。しかし、その光景に一抹の懐かしさを感じたのは一体……？

ああ、あの光景は生前、妹に無理やり連れて行かれた新年のバーゲンセールの光景にそっくりだったのか……なんてことを、少し離れた所で思い出した。

あそこは修羅の巣窟だからなぁ。正直、もう二度と行きたくも近づきたくもない。って、ムリか。だってここ異世界だもの。

エグエグ嗚咽《おえつ》を漏らすミーシャに〝大丈夫大丈夫、もう怖くないよ〜〟と頭を撫で撫で。しかし……

まさか、俺が感じていた視線というか違和感の正体が、抜け駆けする者がいないかを見張っていた主婦の皆さんだったとは……てか、お前らどこのスネークだよ……

顔にドーランまで塗ってる迷彩主婦もいたぞ？　着ていたのがエプロンというのは、何ともおまぬけな話だがな。まったく、朝の仕事もあるだろうに、まずは家のことをしなさい、家のことを。

だが、主婦の皆さんの間で色々と密約（？）が交わされていたとは知らなかった。抜け駆け防止用の特殊（？）主婦に、取得権利は抽選ですか……まぁ、いいけど。

だが、これはいい傾向とは言えないのではないのだろうか？　と俺は思っていた。このまま普通に新しい洗濯機を作っても、どういう手段にしろ持ち主を決めたところで、結局は手に入れた人の所にまた人が群がってしまうだけだ。で、また今回と同じように壊される、と。

壊れるだけならまた作ればいいだけの話だが（物は大事に扱ってください。マジで）、最悪、先に手に入れることが出来た者と、抽選からあぶれてしまった者の間で諍《いさか》いが起きかねない。ああ、そういえば随分と昔に、ゲームソフト一本のために恐喝事件が横行した時期があったっけ……なんだか、あれに近いものを感じるな。正直、村の中で流血事件とか、マジで勘弁して欲しいところだ。

まぁ、解決策がなくはないが、これぱっかりは俺一人でどうこう出来る問題でもなし……

困った時の神父様頼み。早速、俺は神父様に相談することにしたのだった。

「……と、いう訳なんですけど……どうですかね？」

その日の授業後、俺は現状抱えている問題点と、俺なりの解決法を神父様に話した。

「ふむ……確かにロディフィスの言う方法なら、問題を解決することが出来るかもしれませんが……そのためには……」

「はい。沢山の人手が必要になります。少なくとも……数十人規模は必要になると考えています。俺ではそれだけの大人数、とても集められそうになくて……」

「そうですか……分かりました。この話を一度、村長に持ち掛けてみることにしましょう。村長からの招集となれば、皆顔を出すでしょうからね。声は私から掛けておきますよ」

「はい、ではよろしくお願いします」

そんなことがあった日の夜。急遽、村長が会議を開くという旨の知らせが家に届いた。

〝何でウチに？〟と戸惑う親父に、使いで来た若いにーちゃんが俺を呼びに来たと説明したことで更に混乱していたが、今は親父に構っている場合ではない。

その場はお袋に任せて、俺はウチに来た若いにーちゃんに付いて村長の家を目指した。

村長の家に着き、通されたのはとても大きな部屋だった。部屋の中には既に数人がいて、それは俺が今回の会議に出席を求めた人物たちだった。

正面から、神父様、自警団の団長、ウチのじーさんを含めたその他数人……勿論全員顔見知りだ。うむ。要望通りの面子《めんつ》だな。子どもの俺が声を掛けただけでは、到底協力を得られそうになかったので、村長の名前を借りたのだ。まぁ、その方法を思いついたのは神父様な訳だけど……

「おいおいっ！　何でここにロランドの小倅《こせがれ》がいるんだ？」

一際《ひときわ》ガタイが良い大柄の男が、俺が入って来るのを見てそう言った。彼は、自警団の団長をしている、フェオドル・クマーソンという男だ。名の通り、熊のような大男で身長も二メートルは下らない。

「どもどもっす、クマのおっさん」

「ったく、相変わらず人を喰ったような態度だなお前は……」

俺が軽く手を上げながら挨拶をして近づくと、そのアホみたいにでっかい手で頭を鷲掴みにされた。このまま持ち上げられたら、どこぞの世紀末世界の日常風景になってしまう。のだが、別にそんなことになりはしない。こんな外見からは信じられないが、彼は結構な子ども好きなのだ。

これは彼なりに頭を撫でている……つもり、なのだろう。一歩間違えば、首がもげそうだがな。

「で？　なんでお前がここにいる？」

「それは、この会合の主催が俺じゃなくてそいつだからだよ、フェオ」

「村長っ！」

クマのおっさん——といってもまだ三〇代だが。あっ、三〇代は立派なおっさんだわ——の言葉を遮って部屋の中に入ってきたのは、比較的質の良さそうな服を着た品の良さげな一人の男だった。

クマのおっさんも言っていたが、彼がこの村の村長、バルトロ・バヴォーニだ。

村長といっても、ヨボヨボのおじいちゃんではない。ウチのじーさんや神父様と似たような年齢だ。

五〇歳以上六〇歳未満……といったところだろう。ただ、見た目が若く、品も良いので、うちのじーさんと並ぶとじーさんが若干小汚く見えてしまうのが、孫としてはちょっと悲しい……

「ヨシュア、面子はこれで合っているか？」

「ええ、間違いありません。ありがとうございました、バル」

部屋の中に入ってきた村長は、真っ直ぐ神父様の所へと足を運び、そう声を掛けた。神父様も気兼ねしない感じで礼を言った。

……そういえば、神父様の名前って〝ヨシュア〟だったな。神父様のことは、ずっと〝神父様〟と呼んでいたのですっかり忘れていた。

「さてさて、俺はヨシュアから大体の話は聞いているが、他の者たちはそうではないだろう？　だから、ここは一からこの会合の意味を説明してくれるかね、ロディフィス君？」

村長がそう切り出したことで、この部屋にいる者の視線が一斉に俺に集まった。そんな見つめんなよ……照れるじゃないか……なんて、アホな考えは止めてっと……

「コホン……それでは僭越《せんえつ》ながら私、ロディフィス・マクガレオスからご説明させて頂きます。村長も言っていましたが、皆様を招集したのは何を隠そう私です。私の音頭では集まって頂けないと思い、神父様を通じて村長からの招集とさせて頂きました。まずはこの場に集まって頂いたことに感謝を……」

「おいおいっ！　んな鯱張《しゃちほこば》った挨拶なんてどーでもいいんだよっ！　そんなことより、オレらぁ集めてオメェは何しようとしてんだって話だよ！」

「……もぉ～！　折角カッコつけてんだから邪魔しないでよじーさん……」

「うるせぇ！　オラぁ気が短いんだよっ！　とっとと話せっ！」

「はいはい……実は今、村でちょっとした問題が起きているんだけど……」

じーさんに急かされて、俺はこの場にいる全員に、洗濯機に纏《まつ》わる一連の出来事を話して聞かせた。そして、このままでは一部の主婦が暴走しかねない危険な状態である、とも付け足す。

……洗濯機欲しさに、俺のこと拉致《らち》って閉じ込めて無理やり作らせるとかになったら、マジ笑えないっすわ。

この緊急事態を打開する方法はあるが、そのためにはこの場にいる人たちの協力が必要不可欠なのだと説明した。なぜなら……

「共同の洗濯場を作る、だぁ～!?」

「そう。このままちまちま一個ずつ洗濯機を作ったとしても、同じことの繰り返しになってしまう可能性が高いんだよ。だったら、皆が共同で使える場所を一箇所作った方が、不平不満は出にくいと思うんだ」

「……ふむ。お前の話は分かった。が、そこに俺たち自警団がどう関係するというのだ?」

と、クマのおっさんが聞いてきた。まぁ、そりゃそう思うわな。自警団は防衛・防犯が主目的なのだから。

「自警団は村では一番人数が多い組織で、平均年齢も若いし力持ちが揃っているから、水路を掘って欲しいんだ」

「つまり、お前は自警団に土木作業をしろというのか? しかも……水路と簡単に言うが、どれだけ大変だと思って……」

呆れたような声を上げるクマのおっさんを、俺は〝まぁまぁまぁ〟と手で遮った。

「そんな大きなものじゃなくていいんだ。そうだな……」

俺は、身振り手振りで掘って欲しい水路の大きさを伝えた。大体、縦横二〇センチメートルくらい、長さは三〇メートルくらいだ。

「うむ……まぁ、それくらいなら……だがなぁ……」

「若い奴らに〝足腰の鍛錬だぁ！〟とか〝掘れねぇヤツはただのクソ虫だ！　掘ったヤツは良く訓練されたクソ虫だ！〟とか言って掘らせればいいと思うよ」

「お前が〝若い奴〟とか言うな……それと、なんだ後半のは？　作業に当たった者の心をへし折りたいのか？」

今度こそ間違いなく呆れ顔で、クマのおっさんは俺のことを見下ろしていた。

「じゃ、ワシらが呼ばれた理由は何なんだ？　水路を作るにしても、その〝なんとか〟ってモンを作るにしろ、ワシらは関係ないだろ？」

そう言ってきたのは、ウチのじーさんくらいの年齢のおじいちゃんズだ。

「関係ありだよ。大ありだよ」

彼らはこの村では数少ない、焼き物を扱っている人たちだった。炭や、食器、壷といった物を作っている。つまり、焼き窯《やがま》を持っているのだ。そんな彼らに是非とも作って欲しい物があった。

それは、レンガだ。それも素焼きレンガ。試作機が大破したことから、俺は強度の重要性を再認識していた。そこで、今回の製品版では本体をレンガで作ることにしたのだ。

この世界の人たちは、加減というものを知らない。そりゃそうだろう。

今までまったくなかった物が突然入ってきたのだから、〝どこまで無理をしたら壊れる〟とかそういうのがいまいち分かっていないのだ。だから逆に、どんなムリな使い方をしても絶対に壊れない強度が必要だと感じた。故のレンガである。

そのことをおじいちゃんズに言うと、

「はぁ～……で、いくつ作りゃいいんだ？」

と聞き返してきたので、正直に必要な概数を告げた。

「二〇〇〇個」

「にっ、二〇〇〇だぁ～!!　バカ言ってんじゃねぇぞ！　土はいくらでもあるからいいが、薪が足んねぇよ！　いや、それ以前にそんな大量のレンガどうやって作れってんだ！」

「あっ、薪に関してはあてがあるから心配しなくてもいいよ。窯は全部で四箇所あるから、一箇所につき作る数は五〇〇個……期間は六日程度で……ムリじゃない数だと思うんだけど、どうかな？」

俺がそう聞くと、おじいちゃんズはむむむっと、眉間に皺を寄せて唸り始めた。ムリではないが、作るとなると少々しんどい数ではあるからな……

「どうかここは一つ、俺の顔に免じてロディフィスの提案を呑んではくれないか？」

渋るおじいちゃんズにそう声を掛けたのは村長だった。

「実を言うとな、ウチのかみさんがその〝洗濯き〟ってやつにご執心でねぇ、〝まだかまだか〟って五月蝿《うるさ》いの何の……お前らの所も似たようなものなんじゃないか？」

「ぐぅっ……それは、そうだが……」

何やら心当たりでもあるのか、クマのおっさんが村長の言葉に顔をしかめた。見回してみれば、神父様以外誰もが同じような顔をしているではないか。じーさんでさえだ。

さては、ばーさんに何か言われたな？

〝一度作ったんだから、同じのなんて作れるでしょ？〟みたいな？

「はぁ～、分かった。手を貸そう……」

クマのおっさんの言葉を皮切りに、その場にいた全員が……快《こころよ》くとは言えなかったが、協力を約束してくれた。

なので、俺は本プロジェクトの内容を皆に説明した。作業は、早速明日からだ。手始めは、自警団員による水路造りだなっ！

会合も一通り終わり、皆が三々五々帰っていく中、神父様と村長が俺の所へとやって来た。

「村長。今日はありがとうございました。お陰で、計画がスムーズに進みそうです」

「礼はいい。かみさんのことで困っていたのは本当だからな。むしろ、とっとと作ってもらわんと俺の耳にタコが出来ちまう。が……これだけのお膳立てをしてやったのもまた事実、礼はいらんが、何か見返りは欲しいと思ってもバチは当たらんと思うんだが……なぁ？　ロディフィス」

村長は俺を見て、にやぁ～っといった感じの嫌な笑みを浮かべた。その顔は、七歳児相手に向けるもんじゃないだろ……

俺は〝はぁ～〟とため息を一つ吐くと、村長を見上げた。

「分かったよ。一局の対戦につき〝待った〟を一〇回まで聞いてやる。これでどうだ？」

「おおっ、ずいぶんと大きく出たな。次の対局の時、今の言葉を後悔させてやろう」

村長は俺の話を聞くと、カッカッカッと、どこぞのご隠居のような笑い方をして部屋を出ていった。

何の話かって？　勿論、リバーシの話だ。村長は俺がリバーシを作ってからというもの、事ある毎に俺に対局を申し込んでは、ものの見事に惨敗し続けている。んで、勝手に俺のことを終生のライバルとか公言して憚《はばか》らないのだ。まったく、はた迷惑な話だ……

「では、私たちも帰りましょうか。家までは私が送りますよ」

いつの間にやら、気がつけば室内には俺と神父様しか残っていなかった。

「神父様も今日はありがとうございました。神父様が村長との仲介をしてくれたお陰で、この計画を推し進めることが出来ました。俺一人だったらとても……」

俺は神父様にペコリと頭を下げた。

「いえいえ、バルならロディフィス、キミが来たとしても首を縦に振っていたでしょう。村の損得には敏感な男ですからね。得になりそうなことを、見す見す見逃すようなことはしませんよ。目ざとい男ですからね、彼は。私の時もそうでした……」

そう言う神父様の顔は、微塵の疑いもなく村長に全幅の信頼を寄せているものだった。

以前、神父様は村長との関係を〝親友〟だと話してくれたことがあったが、きっと昔、何かあったのだろう。その〝何か〟を、俺は推し量ることも出来ないが、二人のそんな関係を少しだけ羨ましいと、そう思った。

前世の俺には〝親友〟なんて呼べる、気の置けない友人など一人もいなかったからな……

結局その後は、会話らしい会話もないまま、俺は神父様に送られて家へと帰った。

さて、明日からは忙しくなりそうだ。なにせとっとと造ってしまわねば俺の身の安全が、危険で危ないからなっ！

大人気小説「月が導く異世界道中」が
PCブラウザゲーム化！
月が導く異世界道中
Tsuki ga michibiku isekai douchu
新たな魔人と共に紡ぐ、
もう一つの「月導」
月が導く異世界道中 PC online game
2017.SPRING
coming soon!!
©Kei Azumi ©AlphaPolis Co., Ltd. ©FUNYOURS Technology Co., Ltd. キャラクター原案：マツモトミツアキ・木野コトラ

とあるおっさんのVRMMO活動記
PCオンラインゲーム
絶賛
サービス中!
ワンモア・フリーライフ・オンライン
とあるおっさんのオンライン活動記
上級クラス実装で
新たな
展開へ!
キャラクター固有のスキルを自由に組み合わせ、
自分だけのコンビネーションを繰り出そう!
詳しくは http://omf-game.alphapolis.co.jp/ へアクセス!
©2000-2016 AlphaPolis Co.,Ltd. All Rights Reserved.

超人気異世界ファンタジー THE NEW GATE
スマホアプリ絶賛配信中！
THE NEW GATE
ザ・ニュー・ゲート
大迫力の本格バトルRPG
ここに開幕——！
毎週 新装備が続々登場中！
新規でゲームを始めると
10連ガチャ
1回分のジェイルを
プレゼント！
【Android】Google Play
【iOS】App Store
でダウンロード！
公式サイトは
こちら
http://game.the-new-gate.jp/
©Shinogi Kazanami ©AlphaPolis Co., Ltd. キャラクター原案：魔界の住民・三輪ヨシユキ

Re:Monster
ゲームアプリ解放中《リリース》!!
60万ダウンロード突破!
※2017年2月21日時点
App Store無料ランキング（ゲームカテゴリ）
2位!
※2016年2月25日時点
Google Play™国内アプリ新着無料ランキング
3位!
※2016年2月26日時点
おかげさまで誕生1周年!
喰えば喰うほど強くなるRPG!
Re:Monster
リ・モンスター
～ゴブリン転生記～
書き下ろしマンガも公開中じゃよ
詳しくは
http://remonster.jp/
にアクセス!
【Android】Google Play
【iOS】App Store
で好評配信中!
携帯サイトはこちらから!
©Kogitsune Kanekiru ©AlphaPolis Co., Ltd.